Foto: David Carr © Seuil

Tahar Ben Jelloun, geboren 1944 in Fès (Marokko), studierte Philosophie in Rabat und Psychologie in Paris. In französischer Sprache erschienen acht Romane, sieben Gedichtbände und zwei große Essays. Für «Sohn ihres Vaters» (rororo 12302) erhielt er den literarischen Antirassismus-Preis der Bewegung «SOS Racisme», für «Die Nacht der Unschuld» (rororo 12934) 1987 den bedeutendsten französischen Literaturpreis, den Prix Goncourt.
Tahar Ben Jelloun lebt seit 1971 in Paris.

**TAHAR
BEN
JELLOUN**

**TAG
DER STILLE
IN TANGER**

ROMAN

Aus dem Französischen
von Uli Aumüller

Rowohlt

Die Originalausgabe erschien 1990 bei
Éditions du Seuil, Paris, unter dem Titel
«Jour de silence à Tanger»

Deutsche Erstausgabe
Veröffentlicht im Rowohlt Taschenbuch Verlag GmbH,
Reinbek bei Hamburg, November 1991
Copyright © 1991 by Rowohlt Taschenbuch Verlag GmbH,
Reinbek bei Hamburg
Alle deutschen Rechte vorbehalten
«Jour de silence à Tanger»
Copyright © 1990 by Éditions du Seuil, Paris
Umschlaggestaltung Britta Lembke
(Foto: Lisl Dennis/The Image Bank)
Satz Janson (Linotronic 500)
Gesamtherstellung Clausen & Bosse, Leck
Printed in Germany
780-ISBN 3 499 12823 3

Für meinen Vater

*« Die Zeit ist ein Greis mit
der Bosheit von Kindern. »*

Georges Schéhadé,
L'Émigré de Brisbane

Dies ist die Geschichte eines Mannes, der vom Wind gefoppt, von der Zeit vergessen, vom Tod verhöhnt wird.

Der Wind kommt von Osten, in der Stadt, wo der Atlantik und das Mittelmeer zusammenfließen, einer Stadt aus aufeinanderfolgenden Hügeln, die von Legenden umgeben ist, ein liebliches, nicht faßbares Rätsel.

Die Zeit beginnt mit dem Jahrhundert, oder fast. Sie bildet ein Dreieck im Lebensraum dieses Mannes, der früh – mit zwölf oder dreizehn Jahren – Fès verlassen hat, um im Rif, in Nador und Melilla, zu arbeiten, während des Krieges nach Fès zurückkehrte und in den fünfziger Jahren mit seiner kleinen Familie nach Tanger auswanderte, in die Stadt der Meerenge, wo Wind, Trägheit und Undank herrschen.

Der Tod ist ein Schiff, getragen von den Händen junger Mädchen. Weder schön noch häßlich, ziehen sie in einem verfallenen Haus wieder und wieder an dem ungläubigen, mißtrauischen Blick dessen vorüber, der dieses Bild mit sicherer Hand beiseite schiebt.

Zur Zeit liegt er im Bett und langweilt sich. Gern würde er das Haus verlassen, zu Fuß durch einen Teil der Stadt gehen, am Grand Socco haltmachen, um Brot zu kaufen, seinen Laden aufschließen und sich wieder daranmachen, aus dem großen Stück weißen Stoff Djellabas zuzuschneiden. Doch die Bronchitis fesselt ihn ans Bett, und der regenschwere Ostwind hält ihn vom Aufstehen ab, nachdrücklicher als die Anweisungen des Arztes. Das Haus ist kalt. Die Feuchtigkeit zeichnet grüne Schimmelstreifen an die Wände. Der Beschlag auf den Fensterscheiben tropft auf den Holzrahmen, der langsam fault.

In einen Burnus und eine Wolldecke eingemummt, denkt und döst er, lauscht dem Regen und weiß nicht mehr, was er in diesem Bett anfangen soll, das sein Körper so durchgelegen hat, daß daraus eine Falle geworden ist, die sich über kurz oder lang auftun und in schwarze, feuchte Erde führen wird. Es ist das Bett, das ihn bewahrt. Es hält ihn zurück. Wenn er aufsteht, zittert er und kann sich kaum auf den Beinen halten; er legt sich wieder hin und denkt dabei an die bergige Straße von Al Huceima, die er mit einem mindestens zwanzig Kilo schweren Sack auf dem Rücken hinaufstieg. Er beschwört diese Erinnerung an seine Jugend herauf, als er nach dem Tod seines Vaters sehr früh arbeiten mußte, weil ein Dutzend Kinder in einem alten Haus in der Medina von Fès mittellos zurückgeblieben waren. Die Erinnerung schmerzt ihn, aber er ist stolz darauf. Unter diesen Bedingungen lernte er, stolz zu sein, und erkannte, daß die Notwendigkeit, «auf eigenen Füßen zu stehen», kein Unsegen ist.

Die immer aufs neue wiedergekäuten Erinnerungen an die vergangene Zeit langweilen ihn ebenso wie dieser weiße Himmel, den er undeutlich sieht, oder dieser Wind, den er hört, wie er heult und die Türen zuschlägt.

Langeweile entsteht, wenn die Wiederholung der Dinge stechend wird, wenn ein und dasselbe Bild sich durch sein immerwährendes Dasein erschöpft. Langeweile ist diese Reglosigkeit der Gegenstände rund um sein Bett, Gegenstände, so alt wie er; obgleich verschlissen, sind sie immer noch da, an ihrem Platz, nützlich und still. Die Zeit vergeht mit enervierender Langsamkeit. Die Aufwartefrau wischt den Fußboden, ohne seine Anwesenheit zu beachten. Sie trällert, als wäre sie allein. Er beobachtet sie ohnmächtig und verzichtet darauf, um etwas mehr Rücksicht zu bitten. Er sagt sich, sie würde es nicht verstehen. Sie kommt vom Stadtrand, wo die vom Land abgewanderten Leute sich irgendwie, irgendwo zusammengepfercht haben. Sie erregt nichts in ihm. Er sieht sie an und fragt sich, was sie wohl in diesem Haus macht. Sie ist noch jung und kräftig. Er denkt, daß sie keine Gefahr läuft, von einer Krankheit ans Bett gefesselt zu werden. Und wenn sie krank würde, wäre sie wahrscheinlich nicht allein. Die ganze Familie wäre um sie. Angehörige, Nachbarn und Freundinnen. Er würde seine Kinder gern sehen. Aber nicht an seinem Bett. Das ist ein schlechtes Vorzeichen, und überdies ist er noch nicht soweit. Es ist nicht schlimm. Nur ja nicht die Kinder benachrichtigen. Nein, nicht die Familie. Das wäre verfrüht, sagt er sich. Außerdem sieht er die Familie nur bei freudigen Anlässen und Festen gern. Vorläufig findet er sich mit der Bronchitis ab, so gut er kann. Aber die Langeweile, diese schleichende, zähe, opake Einsamkeit, ist stärker, unerträglicher als die Krankheit. Die Nachbarn sind keine Freunde. Es sind nur Nachbarn. Weder gut noch böse. Man kann sie nicht zu einem Schwätzchen einladen. Sie würden es nicht verstehen. Sie hätten einem kranken alten Mann, der sich langweilt, vielleicht nichts zu sagen. Er dagegen könnte ihnen viele Geschichten erzählen. Aber sie würden sich nichts daraus machen. Aus welchem Grund sollten sie einem Fremden zuhören? Sie kennen ihn, sie können sogar hören, wenn er wütend wird oder wenn er mit einem Asthmaanfall kämpft. Sie sehen ihn viermal am Tag, immer pünktlich, durch die Gasse gehen. Wenn sie ihn morgens nicht aus dem Haus kommen hören, können sie sich schon denken, daß er krank im Bett liegt. Dann hören sie seinen heftigen, pfeifenden, tiefsitzenden Husten. Sie können ihn sogar von ihrer Terrasse aus sehen, wenn er, an einen Strauch gelehnt, die Hand auf der Brust, versucht, die Schleimklumpen auszuspucken, die seine Bronchien verkleben. Nervös speit er weißlichen Auswurf auf die Erde und vergewissert sich mit Blicken in die Runde, daß niemand ihn beobachtet. Er haßt diesen Zustand, der ihn quält und herabsetzt. Mehr noch, er verübelt es sich selbst, daß er so etwas über sich ergehen lassen muß.

Nein. Die Nachbarn können keine Gesprächspartner sein. Die Männer sind bei der Arbeit. Die Frauen putzen und kochen. Er wird schließlich nicht die Nachbarin von nebenan einladen, um die Zeit des Rif-Krieges in Nador und dann in Melilla heraufzubeschwören. Wenn die Nachbarin wenigstens eine schöne Frau wäre. Außerdem tut man so etwas nicht. Die Langeweile ist diese niedrige Decke mit dem Riß in der Mitte, die jeden Augenblick herunterfallen kann. Von seinem Bett aus starrt er sie lange an, bis der Himmel erscheint, ein ganz bewölkter Himmel, und bekannte oder unbekannte Gesichter, die sich über ihn beugen, wie um ihm Lebewohl zu sagen. Wenn er sich umdreht, hat er die von Feuchtigkeit zerfressene Seitenwand vor sich, eine Wand, die langsam vorrückt und ihm jeden Tag etwas näher kommt. Er sieht, wie sie sich verschiebt, und kann sie durch nichts aufhalten oder zurückdrängen. Dann hustet er und bekommt fast keine Luft mehr bei diesen stoßweisen Erschütterungen, die immer tiefer in seinen Brustkorb dringen. Nur durch den Husten, der ihm allerdings weh tut, entkommt er diesen halluzinierenden, beklemmenden Augenblicken. Er schließt die Augen, weniger um zu schlafen, als um diese Wände und diese Decke nicht mehr zu sehen. Es kommt vor, daß er im Sitzen, mit untergeschlagenen Beinen, den Kopf in die Hände gestützt, einnickt. Wieder hustend schreckt er auf, weil er sich an seinem Speichel verschluckt hat. Selbst wenn er ganz gesund ist, verschluckt er sich oft, an seinem Speichel, an Wasser oder, noch schlimmer, an einigen Grießkörnchen. Das liegt an einer in der Familie verbreiteten Mißbildung. Einer seiner Brüder, der jetzt nicht mehr lebt, konnte niemals ein Glas Wasser in einem Zug leeren; er mußte schlückchenweise trinken. Einem seiner Neffen hat er den Beinamen ‹der Eilige› gegeben, denn er ißt schnell und verschluckt sich oft. In dieser Familie äußert sich die Angst vor der Zeit und vor dem Tod in einer verstopften Kehle, die zu Erstickungsanfällen führt. Die, welche sich verschlucken, sind auch am meisten hinter dem Geld her und gelten als Geizkragen. Sie wollen alles blitzschnell schlucken, wollen Geld und Gegenstände ohne Ende anhäufen und behalten.

Im Bett sitzend trinkt er in kleinen Schlucken ein Glas Tee. Er fühlt sich besser, kann aber nicht aus dem Haus gehen. Er sieht aus dem Fenster. Das Gärtchen, das er so liebt, versinkt im Regen. Zuviel Unkraut hat sich breitgemacht. Sobald es schön wird, will er den Garten in Ordnung bringen. Er bittet die Putzfrau, den Fernsehapparat einzuschalten. Das Bild ist verschwommen. Seine Augen werden ständig schlechter. Es läuft ein amerikanischer Film, in dem französisch gesprochen wird. Er hört nicht gut. Vor allem versteht er nicht, wieso das marokkanische Fernsehen, das sein Programm mit der Nationalhymne und einer Koranlesung beginnt, mit einer amerikanischen oder französischen Serie fortfährt. Er fühlt sich nicht nur ausgeschlossen, sondern betrogen. Diese Bilder von Cowboys, Gangstern oder dekadenten reichen Amerikanern haben nicht das geringste mit ihm zu tun. Sonst regt er sich nicht über diese Programme auf, die für ein anderes Publikum bestimmt sind; er macht sich darüber lustig, kritisiert und verwünscht die «Ungebildeten und sonstigen Analphabeten». Heute geht ihm die Langeweile auf die Nerven und macht ihn reizbarer als in normalen Zeiten. Er macht eine Bewegung, als wollte er den Apparat kaputtschlagen, für den er mehr als achttausend Dirham bezahlt hat. Er sagt: «Das ist in das Wadi geworfenes Geld.» Wer könnte kommen und ihm Gesellschaft leisten? Welchen Freund könnte er anrufen, um mit ihm zu plaudern und diese schleichende, quälende Zeit herumzubringen? Er will nicht irgend jemanden bei sich haben. Sonst könnte er ja die Dienste eines Krankenwärters oder Pflegers mieten. Das würde er nicht tun, weil er nicht krank ist. Er hält sich nicht für krank, nur von einem verdammten Ostwind und einem bösen, schmutzigen Regen am Ausgehen gehindert.

Er hatte viele Freunde. Sie sind alle tot oder fast alle. Er denkt an einen nach dem andern und kann nicht umhin, es ihnen zu verübeln, daß sie früher als vorgesehen abgetreten sind. Ihr Tod ist seine Einsamkeit, die immer dichter und schwerer wird. Er hat ein Recht, verärgert zu sein, weil sie ihn nach so vielen gemeinsam verbrachten Augenblicken, nach so vielen Prüfungen und soviel Einverständnis verlassen, im Stich gelassen haben. Sogar seine vier Brüder, Mohamed, Allal, Driss und Hadi, die nicht seine Freunde waren, die er aber natürlich geliebt hat, sind tot. Er hat sie einen nach dem andern beerdigt, und jedesmal hat er, allein in einem Winkel, geweint wie ein Kind. Er hat versucht, die Verbindung zu seinen Neffen und Nichten aufrechtzuerhalten. Aber auch da hat er nur Enttäuschungen erlebt.

Moulay Ali war ein Lebemann. Großgewachsen und jovial, hatte dieser ehemalige Kaufmann beschlossen, mit fünfundsechzig in den Ruhestand zu gehen, als wäre er Beamter, und die ihm verbleibenden Tage seinem Vergnügen zu widmen. Nach dem Tod seiner Frau, einer Ausländerin, gestaltete er sein Leben um. Der Zufall wollte es, daß er eine Aristokratin mittleren Alters heiratete, die keine Kinder bekommen konnte.

Sie führten ein friedliches Leben. Sie waren auch zurückhaltende Nachbarn. Seine Nachmittage verbrachte er mit Kartenspielen. Er empfing die Mitspieler in seinem Haus, lauter Pensionäre und Rentner, die immer weiß gekleidet waren, als gingen sie auf eine Hochzeit. Sie spielten «Tuti», ein aus der andalusischen Zeit stammendes Spiel. Die Karten haben noch spanische Namen: *Rey, Espada, Copas*... Es geht darum, je nach den Punkten seiner zehn Karten zu kaufen. Dieses Spiel entfesselt Leidenschaften, die von Nervenzusammenbrüchen – ja sogar epileptischen Anfällen – bis zu Euphorie und Ausbrüchen wilder Freude reichen. Man erzählt sich, Ehemänner hätten ihre Frau verstoßen müssen, nachdem sie auf deren Schicksal und Zukunft geschworen und diese Wette verloren hatten. Doch das geschah vor einigen Jahrzehnten.

Moulay Ali spielte zu seinem Vergnügen und weil es ihn freute, seine Freunde um sich zu haben.

Eines Tages, als er in der Moschee war, bekam er einen Herzanfall. Er wurde ins Krankenhaus gebracht, und als er aufwachte, war das erste, was er den Arzt fragte, ob er nachmittags Karten spielen dürfe. Die Gefährten kamen an sein Krankenhausbett, und sie spielten, sehr leise, damit der Arzt nicht auf sie aufmerksam würde. An jenem Tag ließ Moulay Ali sich von seinen Freunden versprechen, daß sie an seinem Todestag eine schöne Partie Tuti neben seinem Sarg spielen würden. Die Sache war heikel. Aber keiner mochte ihm widersprechen.

Einige Monate später wurde Moulay Ali mitten im Kartenspiel von einer Herzattacke niedergestreckt. Ehe er den Geist aufgab und während er den Zeigefinger der rechten Hand ausstreckte, um das muslimische Glaubensbekenntnis, «Allah ist ein einziger Gott, und Mohammed ist sein Prophet», abzulegen, hielt er mit der Linken eine Karte hoch, um die Freunde an ihr Versprechen zu erinnern. Sie spielten nicht an seinem Sarg, aber drei Tage lang versammelten sie sich zur selben Stunde am selben Ort und spielten, bedrückt und mit Tränen in den Augen.

Der Regen hört nicht auf. Von seinem Bett aus kann er das Dach von Moulay Alis Haus sehen. Er denkt an diesen Mann, mit dem er nie Karten gespielt hat, mit dem er aber hin und wieder sprach und die im Rif verlebten Jahre wachrief. Er denkt an ihn wie an jemanden, der Einsamkeit und Langeweile bestimmt nicht kannte. Das Alter auch nicht. Obwohl er mit siebzig Jahren gestorben ist, hat Moulay Ali Krankheit und Gebrechen nie kennengelernt. Er war ein guter Nachbar. Wäre er nicht gestorben, hätte er bestimmt ein paar Stunden mit ihm verbracht. Aber er ist gestorben, und seine Gefährten haben keinen Grund mehr, das Haus der Aristokratin zu betreten, die weiterhin ein einfaches, zurückhaltendes Leben führt.

Mit den Zeigefingern macht er ein Kreuz, um Moulay Alis Namen auszustreichen, dann richtet er den Blick auf ein Foto, das an der gegenüberliegenden Wand hängt. Das ist Touizi, ein Mann, der nie geheiratet hat. Er starb, während er hinter einer schönen jungen Frau herlief. Er führte ein Leben, bei dem alle seine Freunde, die verheiratet und Väter mehrerer Kinder waren, ins Träumen gerieten. Aus freien Stücken und reinem Vergnügen Junggeselle, sammelte er Abenteuer mit den Frauen der anderen oder mit naiven jungen Mädchen, die von seiner Schönheit und Großzügigkeit beeindruckt waren. Als Sekretär eines Prinzen aus dem Orient hatte er wenig zu tun. Während er die Geschäfte seines sehr häufig abwesenden *patron* führte, hatte er genügend Zeit, zu verführen, zu leben und den Gefährten von seinen Nachmittagen zu erzählen. Er sagte, der schönste Moment für die Liebe sei zwischen dem Vier-Uhr-Gebet und dem Sonnenuntergang. Er hatte eine vollständige

Theorie über die Verfügbarkeit des Körpers, über das natürliche Licht und über den erotischen Höhepunkt der Frauen. Für ihn war die Nacht zum Schlafen da und um den Körper auszuruhen, der einen langen Tag hinter sich hat. Die Nacht sei der ungeeignetste Augenblick für die Liebe. Wohingegen der Nachmittag ein leerer Zeitraum im Tagesablauf sei, den man besser ein ums andere Mal mit ausgelassenem Treiben ausfülle als mit einem Kartenspiel, bei dem das Geschlechtsteil schlaff herunterhängt. Er sagte auch, der ganze Tag sei von diesem Moment erfüllt: Vorher denke man daran und freue sich darauf; wenn er da sei, jauchze man; danach ruhe man sich aus und denke daran zurück, während man sich auf die Nacht vorbereite.

Er hegte eine unendliche Liebe für den weiblichen Körper. Er leistete sich ein paar Gemeinheiten, die er bereitwillig zugab. Er sagte, er sei nie in eine Frau verliebt gewesen, und fand das schmerzlich. Dafür konnte er nicht umhin, alle Frauen zu lieben, und verbrachte sein Leben damit, ihnen zu huldigen, sie zu verherrlichen und ihre Schönheit zu feiern.

Touizi war also ein Unruhestifter. Er störte den Seelenfrieden der braven Leute, die er mit seinen Geschichten zum Träumen brachte. Heute ist er nicht mehr da und fehlt seinen Freunden. Er fehlt vor allem diesem Mann, der Gesellschaft so sehr braucht. Er träumt, er stellt sich vor, was Touizi ihm erzählt hätte. Er wäre am späten Nachmittag zu ihm gekommen, nachdem er eine frisch geschiedene junge Frau geliebt hatte. Er mißtraute jungfräulichen Mädchen, die imstande waren, eine Vaterschaftsanerkennung von ihm zu verlangen. Gern schilderte er seine Abenteuer in allen Einzelheiten. Ohne es sich anmerken zu lassen, prahlte er mit ihnen und liebte es, den Neid seiner Freunde zu wecken. Irgendwann einmal lockte ihn die Ehe, und er fand eine originelle, aber undurchführbare Formel: die

Ehe mit einem befristeten, verlängerbaren Kontrakt. Darüber mußten seine verheirateten Freunde lachen. Touizi lebt nicht mehr. Er nimmt es ihm ein wenig übel, daß er zu früh dahingegangen ist. Woran ist er eigentlich gestorben? Er erinnert sich nicht, kann sich ihn aber gut vorstellen, wie er hinter einer verschleierten Frau herläuft, über einen Stein stolpert, stürzt und sich an der Bordsteinkante den Schädel bricht. Oder er ist von einem betrogenen Ehemann ermordet worden. Man hat ihm den Hals durchgeschnitten, ihn möglicherweise kastriert. Nein. Das ist zu mies. Es ist gräßlich, diese blutrünstigen Bilder hier, in diesem trostlosen Zimmer, vorbeiziehen zu sehen und dazu noch Touizis Stimme zu hören, die stöhnt und fleht, man möge ihn retten. Der arme Touizi ist nach dem Liebesakt eines natürlichen Todes gestorben, er ist in den Armen der jungen Frau eingeschlummert, die ihn zum ersten Mal sah. Er hatte sich bei dem ausgelassenen Treiben selbst übertroffen. Er ist sanft entschlafen, nachdem er dem Frauenkörper eine großartige Huldigung dargebracht hatte. Er hätte achtsam sein können, es nicht übertreiben und nicht so viele Zigaretten rauchen sollen. Wenn er sich geschont hätte, wäre er noch da, um das Leben zu genießen und seine Freunde zu ergötzen.

Bachir ist beim Beten gestorben. Jeder geht auf seine Weise aus der Welt. Er erinnert sich genau an die Zeit, als Bachir ihn in seinem Laden besuchen kam und lauthals die Politik der arabischen Welt kommentierte. Er schwärmte für den Islam und war sehr enttäuscht von den Arabern, die er dieser Religion für unwürdig hielt. Er verpaßte kein Gebet und keinen Film. Als er nicht mehr arbeitete, verbrachte er die eine Hälfte seiner Zeit im Kino und die andere in der Moschee. Er war ein gebildeter Mann und hatte eine der besten Bibliotheken der Stadt angelegt; Bücher über den Islam, in arabischer und französischer Sprache, waren ebenso zahlreich vertreten wie Gedichtbände. Er war ein Intellektueller, perfekt in zwei Sprachen, der Freude daran hatte, das traditionelle Bild des nach anderen Sprachen und Kulturen wißbegierigen arabischen Gelehrten wieder aufleben zu lassen. Ein Sonderling, der unnützes Geschwätz verabscheute. Wenn er in den Laden kam, so immer, um etwas Besonderes mitzuteilen oder auf die Wichtigkeit einer in London oder Wien erschienenen Studie hinzuweisen, die von einem der ausländischen Sender besprochen worden war. Aber er starb beim Beten, ohne krank zu werden, mit einem aufgeschlagenen Buch auf seinem Schreibtisch, in dem er etwas nachgelesen hatte. Ein schöner Tod, aber grausam und unerwartet.

Die Putzfrau bringt ihm einen Tee. Er sieht sie an und murmelt ein paar unfreundliche Worte. Der Tee ist lauwarm und nicht süß genug. Das genügt, um ihn wütend zu machen. Er ruft sie. Sie läßt auf sich warten. Er schreit. Sie kommt und entschuldigt sich. Sie nimmt das Tablett wieder mit und bietet ihm einen frischen Tee an. Er will lieber einen sehr starken Kaffee. Er verwünscht sie. Sie hört ihn nicht oder tut so, als hörte sie nichts. Sie ist eine tüchtige Frau, die gewissenhaft arbeitet, auch wenn sie vor allem dafür bezahlt wird, seine Launen zu ertragen. Er trinkt den Kaffee und versinkt wieder in seine Gedanken, die durch nichts aufgeheitert werden. Sie sind morbid. «So ist das Leben», sagt er sich. Das Leben, das nach und nach alle seine Freunde beseitigt hat. Man hat ihn isoliert. Er denkt an Allam zurück, der im Krankenhaus lange mit dem Tod gerungen hat. Er, der nie einen Tropfen Alkohol getrunken hatte, wurde von einer Leberzirrhose dahingerafft. Er war nicht schlecht, der brave Allam. Er war sogar witzig. Er erzählte gern Geschichten und haßte die Arbeit. Seine Frau war reich, und er beklagte sich nie über sie. Er nannte sie *patron*. In den Augen seiner Freunde galt er als unwürdig, weil er es hinnahm, von seiner Frau beherrscht zu werden.

Der arme Allam hat nur einmal gelitten, an dem Tag, als der Tod sich ihm langsam näherte, ihn eine gute Woche hänselte und dann unter furchtbaren Schmerzen dahinraffte.

Er hatte ihn am Krankenhausbett besucht und geweint. Er wußte, daß er ihn nie mehr wiedersehen würde. Heute bereut er dieses letzte Bild, das er von ihm bewahrt. Wie sollte er in diesen Momenten vollkommener Trübsal, in denen nichts geschieht, was ein Bedürfnis nach Trost und Frieden stillen könnte, wie sollte er da nicht sich selbst an der Stelle jenes Freundes in den rauhen weißen Laken sehen? So viele Bilder, in denen das Leben zu weit geht, brechen an diesem langen Wintertag über ihn herein. Was soll er tun, um ihnen zu entkommen? Seine Söhne sind weit weg. Der eine ist im Ausland; man darf ihn nicht beunruhigen; er wird mit Sicherheit kommen, wenn er ihn anruft, aber man soll nichts dramatisieren. Der andere arbeitet und kann sich nicht ohne schwerwiegenden Grund freimachen. Nun gibt es aber nichts Schwerwiegendes, nur ein wenig Einsamkeit und diesen bleiernen Himmel, der langsam herabsinkt, durch das Dach dringt und sich schwer auf seine Brust legt. Wie kann er dieser Kraft entrinnen, die ihn umklammert und mit glänzenden Augen Bilder vom Leiden, vom Krankenhaus und vom Tod in seinen Kopf hineindrückt? Ach, wenn ihn doch ein schönes, junges Geschöpf besuchen käme, um ihm den Rücken zu massieren, die Hände zu streicheln und sein langes, duftendes Haar über ihm auszubreiten! Das wäre schön; vielleicht wäre es auch gerade das schillernde, zweideutige Antlitz des Todes. Einer seiner Cousins, der einmal fast gestorben war, hatte ihm gesagt, daß in dem Augenblick, als er glaubte, den Geist aufzugeben, eben jenes hinreißende Mädchen sich über seinem Bett befand und ihn drängte, mit ihm zu kommen. Sie war überaus ungeduldig, und als sie ihm die Hand reichte, verlor sie den Boden unter den Füßen und stürzte ins Nichts.

Er könnte Abbas, seinen alten Komplizen, anrufen. Aber sie reden nicht mehr miteinander. Beim letzten Mal haben sie sich gestritten und beschimpft. Das war vor mehr als einem Jahr. Es ist auf den Tag genau ein Jahr her. Die Versöhnung, wäre ein Vorwand, ihn einzuladen. Sie haben das gleiche Temperament: sie sind spottlustig und ironisch, vor allem anderen gegenüber. Wenn die Ironie jedoch einen von ihnen trifft, ist es mit ihrem Sinn für Humor vorbei, und das Opfer wird wütend und ärgerlich.

Nein, sein Stolz erlaubt ihm nicht, Abbas anzurufen. Und dabei spürt er, daß es ihm guttun würde, ein paar Scherze über den einen oder anderen zu machen. Das würde seine melancholische Stimmung heben und ihn einen großen Teil des Nachmittags beschäftigen. Doch über wen sollten sie noch lästern? Alle ihre Freunde und Opfer sind tot. Sie würden doch wohl nicht so weit gehen, die Toten schlechtzumachen? Vielleicht würde sie das gar nicht stören. Er würde gern eine kleine Abrechnung mit einigen Verblichenen veranstalten!

Was Abbas wohl treibt? Er hat zwei Frauen, zwei Haushalte und mehrere Kinder. Sein Geschäft blüht. Kürzlich hat er versucht, sich eine dritte Frau zu nehmen, eine junge Witwe, die in seinem Laden arbeitet, aber da die beiden Ehefrauen sich gegen ihn verbündeten, mußte er seinen Plan aufgeben. Das hindert ihn nicht daran, in seinem Neureichen-Mercedes vor dem Gymnasium den jungen Mädchen aufzulauern. Seine Kurzsichtigkeit spielt ihm Streiche. Eines Tages folgte er seiner eigenen Tochter, die in Begleitung einer Freundin war. Als sie sich umdrehte, um sich dagegen zu verwahren, stammelte er irgend etwas wie: «Ich wollte wissen, ob du anständig bist!» Indem er ihr am selben Abend ein Geschenk machte, beging er einen Fehler: Er wollte das Stillschweigen seiner Tochter kaufen. Diese Geschichte ist stadtbekannt. Seither hat er nicht nur eine neue Brille, sondern geht auch nicht mehr vor den Gymnasien auf Mädchenfang.

Der Wind weht, souverän und gleichmütig. Wie kann er der Zeit entkommen? Wie ihre Last verringern? Wie nicht mehr daran denken? Wo kann er die Reinheit des Körpers von einem Mädchen wiederfinden, das hier durchkäme, nur um den Blick eines alten Mannes zu streifen, der noch im Vollbesitz seiner Kräfte ist und sich gegen diesen schleichenden Untergang wehrt, indem er die Medikamente in die Toilettenschüssel wirft und mit voller Wucht die Wasserspülung zieht, um sie nicht mehr zu sehen?

Er müßte weit in die Vergangenheit zurückgehen, um die Erinnerung an jenen Herbstnachmittag wiederzubeleben, an dem eine junge Spanierin sich ihm in seinem Ladenhinterzimmer in Melilla hingegeben hat. Jungfräulich und heißblütig, mied sie ihre katholische Familie, die sie dauernd vor den Männern im allgemeinen und vor «los mauros» im besonderen warnte. Er erinnert sich an jene Zeit, als er ein eleganter, schöner Mann von Geschmack war. Er breitet die Fotos von damals aus, als er sich europäisch kleidete, in spanischen Privatclubs verkehrte, zu denen nur sehr wenige Muslims Zugang hatten. Es war die Zeit der Verführung, der Lust, des Spiels und des Rausches. Er hat wohl etliche Gläser Xeres getrunken und einige heimliche Abenteuer mit Spanierinnen gehabt. Lola kam hin und wieder, immer unvorhergesehen. Sobald er sie sah, zog er, die Blicke der Nachbarn im Auge, den Vorhang im Laden zu. Er liebte es, Lolas warme und weiche kleine Brüste lange zu streicheln. Diese Erinnerung ist noch lebendig und sogar glühend. Ein Lächeln der Befriedigung und Wehmut auf seinem Gesicht verleiht diesem langen Tag ein wenig Licht. Er war zwanzig und Lola höchstens sechzehn. Eine Minderjährige in den Armen eines Muslim! Das hätte sein Leben ruinieren können; aber er liebte dieses Risiko. Eines Tages heiratete Lola einen Offizier der Kolonialarmee, und er sah sie nie wieder. Vielleicht war es besser so! Wo ist sie heute? Vielleicht ist sie tot. Nein, Lola ist unsterblich. Dieser Körper, dieser Blick, diese kleinen Brüste sind für die Ewigkeit bestimmt. Außerdem ist Lola immer noch sechzehn, vielleicht zwanzig, aber nicht älter. Während er noch an sie denkt, beginnt er an ihrer Existenz zu zweifeln. Womöglich hat er sie erfunden; und warum auch nicht? Das tut niemandem weh. Es ist sein Recht, zu glauben, daß er mit zwanzig von einer schönen Spanierin namens Lola leidenschaftlich geliebt wurde und sie leidenschaftlich geliebt hat. Er würde sie gern im Traum wiederfinden. Dazu müßte er schlafen können, ohne von diesen verschleimten Bronchien, die bei jedem Atemzug pfeifen, gestört zu werden. Lola würde nicht in sein Bett schlüpfen und ihre nackte Haut an seine schmiegen. Er befühlt seine Wange, zieht an ihr, und sie läßt sich nicht ziehen. Seine Haut hat sich an die Knochen geheftet. Lola würde diese Falten und dieses trockene Land bestimmt nicht mögen. Lola ist vielleicht allein, von ihren Kindern in einem Altersheim ausgesetzt. Ihr Mann ist vielleicht in einem der Kriege umgekommen. Und sie schlägt ihre Zeit tot, indem sie mit einer Katze redet, die auch ausgesetzt wurde. Er denkt an all jene alten Menschen, die man aus dem Leben entfernt, indem man sie in diesen Wartehäusern unweit des Friedhofs isoliert. Dieser «Fortschritt» ist in Marokko zum Glück noch nicht eingeführt worden. Dann sagt er sich, daß seine Kinder so etwas nie getan hätten. Er hat sie gut erzogen und sie Achtung vor den Eltern gelehrt, die gleich nach der Achtung vor Gott kommt. Und die Kinder glauben sogar als Erwachsene an den Segen des Vaters und der Mutter. Sie wünschen sich diesen Segen, wollen ihn verdienen und stolz darauf sein. Im übrigen, selbst wenn einer gewagt hätte, ihn abzuschieben, hätte ihn verflucht und es sich nicht gefallen lassen. Ihn isolieren hieße, ihn zu einem schnellen Tod voller Bitterkeit verurteilen. Er sagt sich, daß sterben schon nicht ganz geheuer ist, aber wenn man mit einem Tritt in den Hintern von den eigenen Kindern abtreten muß, ist es kriminell. Ihm wird bewußt, daß seine Söhne nicht da sind. Sie leben weit weg von Tanger, rufen ihn aber oft an. Er klagt nicht, beruhigt sie über seinen Zustand. Er möchte sie nicht stören. Außerdem – wenn sie ihre Arbeit im Stich lassen und ihn besuchen kommen, heißt das, daß er ziemlich krank ist. Ihr Besuch würde die Situation nur verschlimmern. Man darf vor allem nichts dramatisieren. Er macht ein kleines Radio an. Farid El Atrache singt. Er kann ihn nicht ausstehen, weil er findet, daß er nicht singt, sondern durch sein vieles Gejammer weint. «Sie jammern alle», denkt er. Sie sind nicht nur plump, sondern auch noch häßlich. Das ist zuviel für einen einzigen Mann an diesem endlosen Tag. Er hat Lust, etwas zu essen, nicht diese fade Nahrung ohne Salz und Gewürze, die der Arzt ihm verordnet hat. Nein, solche gedünsteten Gemüse sind etwas für einen Kranken oder einen Sterbenden. Er hat Lust auf einen schön pikanten Tajine mit dicken Bohnen. Zur Verdauung würde er sehr süßen, starken Tee trinken. Das hat man ihm alles verboten. Aber er pfeift darauf, was der Arzt sagt. Er erzählt die Geschichte eines seiner Freunde, der vom Arzt aufgegeben worden war und dessen letzter Wille es war, mit vollem Bauch abzutreten. Er aß einen in Fett gebackenen Tajine mit Dörrfleisch, trank eine ganze Kanne Tee und war sofort wiederhergestellt. Er selbst möchte es ebenso machen. Seine Frau wird ihm dieses Essen nicht zubereiten wollen. Sie ist eine disziplinierte Kranke. Sie befolgt die Vorschriften des Arztes aufs Wort. Er macht sich über sie lustig und hänselt sie. Er sagt, sie nehme ihre Medikamente so gehorsam ein, um ihm zu beweisen, daß ihre Krankheit schwer ist. Er glaubt ihr nicht oder tut so, als glaubte er ihr nicht. Das regt sie auf.

Seine Freunde sind tot. Seine Familie ist kleiner geworden. Mit seinen zahlreichen Neffen und Vettern steht er nicht auf gutem

Fuße. Er verachtet sie so sehr und hat sie so oft kritisiert, daß er nicht den Mut aufbringt, sich gerade jetzt, wo er etwas Beistand braucht, mit ihnen zu versöhnen. Er will aus einem Guß sein. Es bleibt ein Neffe, den er schätzt und den er nie geschont hat. Tatsächlich sind sie sich ein bißchen ähnlich. Schulmeisterlich, sarkastisch und nervös. Zwanzig Jahre liegen zwischen ihnen. Er würde keine weitere Moralpredigt von einem sechzigjährigen Mann ertragen, den er immer noch ‹den Lausbub› nennt. Diese Lektion käme einem Mord in einem verfallenen Haus gleich.

Das Haus ist nämlich in keinem guten Zustand. Es verfällt. Er weigert sich hartnäckig, die Risse in der Decke und an den Wänden zu sehen. Er könnte sich darum kümmern, und sei es nur, um die Zeit herumzubringen, er könnte einen Klempner kommen und die tropfenden Hähne reparieren lassen, die Bindfäden entfernen, die er überall herumgewickelt hat, diese Wasserspülung und ihr unaufhörliches Rauschen abstellen lassen. Nein. Er mag keine Klempner. Er sagt, sie seien Betrüger, falsche Handwerker. Es ist ihm nie gelungen, auch nur ein Wort mit ihnen zu wechseln. Da sind ihm seine Bindfäden und dieses Wasser, das vergeudet wird, lieber. Es lohnt nicht, sich aufzuregen; das ist schon immer so gewesen. Er und die Installateure sind geschiedene Leute. Für immer.

Wie soll er dieser endlosen Einsamkeit das Auge ausstechen, einem Zyklon, der um seine Gedanken herumschleicht und seine Bilder trübt? Wie kann er gute Laune und Sonne in dieses Haus bringen? Wer wird ihm die Kraft geben, weiterhin zäher und schlauer zu sein als der Schmerz, intelligenter als die chemischen Formeln der Medikamente? Er beschließt, einen Bankangestellten anzurufen, der im Ruhestand ist, aber noch jung. Sie kennen sich gut. Sein Vater, ein Nachbar, war ein braver Mann, er hatte ein Schuhgeschäft in der Medina von Fès.

Der Bankangestellte ist ebenfalls ein braver Mann; nicht sehr pfiffig, aber ganz liebenswürdig. Er wollte Theater spielen. Er hatte sogar *Der Bürger als Edelmann* ins Arabische übersetzt. Er heißt Larbi und hatte den Künstlernamen Rabi'e (Frühling) angenommen. Die Leute machten sich über ihn lustig und nannten ihn Chta' (Winter oder Regen). Schließlich mußte er die Künstlerlaufbahn aufgeben, weil der Hohn und die Quertreibereien der Leute unverträglich wurden. Als er vom Theater zur Bank ging, verlor er seine Lebensfreude. Er fing an, mit Leuten zu verkehren, die älter waren als er, heiratete eine biedere Cousine und bekam mehrere Kinder.

Am Telefon meldet sich Larbis Frau. Er ist nicht da, ist verreist. Nicht auf Dienstreise, sondern bei seiner ältesten Tochter in Casablanca, die Lehrerin an einer als schwierig geltenden Schule in einem Unterschichtviertel geworden ist, einem dieser «spontan entstehenden, heimlichen» Viertel, in denen man nur unter Schwierigkeiten arbeiten und leben kann. Man nennt sie so, weil sie über Nacht, ohne Wissen der Behörden entstehen.

Die Tochter ist noch unverheiratet; sie braucht familiäre Unterstützung. Das ist normal. Sie ist in dieser großen Stadt verloren. Casablanca mag keine alleinstehenden jungen Mädchen. Larbi ist hingefahren, um sie aufzumuntern. Doch das kommt ungelegen. Larbi hätte hier sein und einem alten Freund Gesellschaft leisten sollen, der auch Unterstützung braucht. Auch er fühlt sich allein und verloren. Er ist böse auf dieses arme Mädchen, das sich vor den Strolchen von Casablanca fürchtet. Warum ist sie nicht ein bißchen selbständiger? Dann hätte sie es ihrem Vater erspart, sich zu ihr zu bemühen; er wäre für die verfügbar gewesen, die seine Gegenwart brauchen. Sie hätte längst heiraten können, aber sie ist zu anspruchsvoll. Sie hat ein Hochschulstudium und haufenweise Diplome gemacht. Das gibt ihr das Recht, nicht einfach irgendeinen Mann zu heiraten.

Ist sie wenigstens schön? Nicht wirklich. Sie ist etwas plump. Wenn sie einen Mann hätte, könnte Larbi in diesem Augenblick hier sein und mit dem Alten plaudern. Es ist schade, zumal sie sich gut verstehen. Larbi ist schüchtern und empfindsam. Er hat die Geduld, ihm zuzuhören und ihn nicht zu unterbrechen, um ihn darauf aufmerksam zu machen, daß er diese Geschichte zum dritten Mal hört... Nein, er ist nicht so unverschämt, ihn daran zu erinnern, daß er sich wiederholt. Das zeigt eine gewisse Eleganz. Doch dieser Mann hat eine Tochter, die weniger elegant ist als er. So ist es, und das ist höchst bedauerlich. Zu seiner Zeit gingen die Mädchen nicht in die Schule. Ob schön oder häßlich, sie wurden verheiratet. Man schaffte sie sich vom Hals. Sie kümmerten sich um das Haus und kriegten Kinder. Heute kriegen sie Kinder, kümmern sich aber nicht um ihr Heim. Die Unverheirateten brauchen ihren Vater. Das ist normal, aber warum hat sie ihren Vater gerade in dem Moment gebraucht, in dem ein Mann sich von allen verlassen fühlt? Er kann es ihr nicht einmal übelnehmen, welches Recht hätte er dazu?

Er sagt sich: «Larbi wäre kein guter Schauspieler gewesen..., ich auch nicht; aber immerhin kann ich Lügner und Heuchler aufspüren. Er will ein guter Vater sein..., aber dadurch hat er keine Zeit, als Freund zur Stelle zu sein; das ist sehr schade. Ich habe ihn gern; er hat ein gutes Herz und nimmt meine Scherze lächelnd auf, selbst wenn sie ihn treffen.»

Er hebt einen Zipfel des Vorhangs hoch und sieht aus dem Fenster. Eine nasse Katze verkörpert die ganze Trostlosigkeit dieses langen Tages. Die Katze fröstelt noch mehr als die Putzfrau, die in eine Decke gehüllt saubermacht. Er verabscheut diese Frau. Sie geht ihm auf die Nerven. Er findet sie blöde und häßlich. Zum Glück ist sie nicht anziehend. Wenn er von ihr spricht, sagt er, manchmal in ihrer Gegenwart: «Bei ihr hängt alles, die Brüste und der Arsch, die Backen und der Bauch.» Er nimmt es ihr übel, daß sie eine Frau ist und nichts an sich hat, um ihn zu verführen. Für ihn ist diese brave Frau ein Schwindel. Sie arbeitet, um ihre sieben Kinder zu ernähren. Manchmal hat er Mitleid mit ihr, aber er zeigt es nicht. Die Katze drückt sich an die Mauer, um dem Regen zu entkommen. Sie zittert. Bestimmt hat sie Rotz. Der Ostwind ist so stark, daß sie taumelt. Der Wind und der Regen sind die beiden Feinde, die für sein Bronchialasthma verantwortlich sind. Er fragt sich wieder, wie er sich in dieser vom Wind bewohnten Stadt niederlassen konnte. Warum hat er diesen Ort am Zusammenfluß zweier Meere gewählt, in dem es wenigen Leuten gelungen ist, reich zu werden, in dem es schwer ist, Freunde zu gewinnen? Im übrigen sind seine Freunde, die wahren, jene, die aus Fès oder Casablanca gekommen waren, alle tot. Sie fanden zueinander, weil sie sich von den Bewohnern der Stadt abgelehnt fühlten. Sie hatten Fès, «die Stadt der Städte», «die Mutter der Kulturen und der Lebensart», verlassen müssen, weil in jener verfallenden Stadt nichts mehr möglich gewesen war.

Er hat sich von diesem Umzug nie erholt, der unter schwierigen Bedingungen stattfand, als der Norden Marokkos noch von Spanien besetzt war und man an der Grenze in Arbaoua einen Paß vorzeigen mußte. Man erduldete allerlei Demütigungen, denn die *guardia civil* durchsuchte die Marokkaner und ließ sie stundenlang warten, um ihnen deutlich zu zeigen, daß dieses Land nicht ihnen gehörte. Er spricht von Abschiebung und sogar von Exil. Darin liegt die Ursache für alle seine Beschwerden. Wäre er in Fès geblieben, hätte er weder seine sämtlichen Freunde verloren noch sich durch diesen verdammten Ostwind erkältet. Dieses Exil ist ein Fluch. Er übertreibt! Diese Stadt hat ihm nämlich viel Freude gebracht, aber in diesem Moment spricht er nicht davon, er vergißt zum Beispiel den Tag, an dem er ein gutes Geschäft machte, indem er dieses Haus kaufte, wie er die ausgezeichneten Leistungen seiner Kinder am Gymnasium vergißt, er erinnert sich nicht mehr an die Zeit, als die *Paquet*, der Passagierdampfer der *Compagnie Paquet*, der die nach Marseille ausgewanderten Arbeiter zurückbrachte und in Tanger anlegte, seinen Umsatz verdoppelte, weil er bei diesen Südmarokkanern den Ruf hatte, die besten Djellabas der Stadt zu machen. In diesem Augenblick, in dem es an Luft fehlt, erscheint ihm alles negativ.

Da er die Ursache für seine Krankheit gefunden hat, wozu noch den Arzt rufen? Um gesund zu werden, braucht er nur diese Stadt zu verlassen. Nach Fès fahren, in der Medina aussteigen, die Gasse wiederfinden, in der er geboren wurde, sich nicht mehr mit Wehmut belasten, der Begleiterscheinung der Mikroben, kleiner Kristalle, die in den Bronchien auf- und absteigen, sich nachts versammeln und sich einen Spaß daraus machen, ihn zu ersticken. Diese Erstickungsanfälle sind das Ergebnis eines Komplotts von Tanger und seinen Dämonen, vom Ostwind und von der Abwesenheit oder genauer vom Verschwinden seiner Freunde, die ihm zuhören und seine Spießgesellen sein konnten.

In den Garten gehen. Einen Stuhl in den Schatten des Mispelbaums stellen. Alle Stühle sind kaputt. Keiner steht mehr auf seinen vier Beinen. Sie sind zu ramponiert. Manche haben Löcher, andere haben keine Lehne mehr. Einen Gebetsteppich auf die Erde legen und sich darauf setzen. Die Beine unterschlagen. Eine Gebetskette durch die Finger gleiten lassen. Sich mit Gott und seinem Propheten unterhalten. Ihnen vom Wind und seinen Missetaten, von der Familie und ihrem Verrat erzählen. Das alles wissen sie bereits. Jedenfalls kann man annehmen, daß sie darüber auf dem laufenden sind, was mit ihm geschieht. Wozu ist es dann gut, sich bei ihnen zu beklagen? Außerdem braucht man dazu nicht hinauszugehen. Es kommt gar nicht in

Frage hinauszugehen. Es wird immer kälter, und der Garten ist unbenutzbar.

Sein Blick schweift langsam durch das Zimmer. Alles ist an seinem Platz. Nichts hat sich wegbewegt. Die Gegenstände sind unverrückbar. Daher rührt ihre Bosheit. Sie sind in ihrer friedlichen Aggressivität da, für immer. Sie werden ihn überleben. Dieser massive Tisch fürchtet weder Wind noch Kälte; selbst wenn er von der Feuchtigkeit angegriffen wird, zeigt er kein Anzeichen von Schwäche. Dieser alte Radioapparat wird, wenn auch defekt, immer an seinem Platz stehen. Diese mehr als einmal reparierte Uhr wird bis ans Ende aller Tage zehn Uhr zweiundzwanzig anzeigen. Sie ist ewig. Die Zeit macht sich über ihn her, nicht über die Gegenstände. Alles in diesem Zimmer scheint ihn zu verhöhnen: der Beschlag auf den Fensterscheiben, der fadenscheinige Teppich, der Kalender vom vorigen Jahr, der Ledersessel, dessen Federn man ahnt, das Tischchen, auf dem die Teekanne steht...

Selbstgespräche führen? Ist das nicht der Anfang des Verrücktseins? Mit den Gegenständen sprechen? Ist das nicht ein Zeichen von Hinfälligkeit? Er ist weder verrückt noch hinfällig. Er ist alt. Dabei existiert das Alter gar nicht. Er ist in der Position, das zu erkennen und zu bestätigen. Das Alter ist ein Irrtum, ein Mißverständnis zwischen Körper und Geist, zwischen Körper und Zeit. Es ist ein Verrat der Zeit, ein übler Streich, der seit langem durch die Unachtsamkeit der einen, die Gewalt der anderen, durch das Vergessen unserer selbst und durch die Leidenschaft für Wurzeln und Ursprünge vorbereitet wurde.

Er wird keine Selbstgespräche führen. Er versagt es sich und widersteht mit Erfolg. Er unterdrückt das Wort, das von allein herausrutschen will. Er paßt auf. Er legt die Hand auf den

Mund, dann lächelt er. Über sich zu lachen ist ein gutes Zeichen. Er hat so oft über die anderen gelacht! Er schont sich nicht. Die Hand auf dem Mund bringt ihn unwiderstehlich zum Lachen. Statt mit sich selbst zu reden und grundlos zu lachen, ist ihm die Komik dieser absurden Geste noch lieber. Gleichzeitig ertappt er sich dabei, daß er die Wörter brummt, die aus seinem Mund kommen. Jetzt lacht er also, während er Selbstgespräche führt. Er denkt, daß er ganz nahe am Verrücktwerden ist. Aber er hat keine Angst.

Er nimmt eine alte Zeitung, sieht sie sich an, versucht sie zu lesen, wirft sie dann, die Zeit und ihren Verrat beschimpfend, auf den Boden. Seine Augen lassen ihn ein bißchen im Stich. Er sieht gut genug, um seine Schritte zu lenken, aber nicht um zu lesen. Dabei liebt er das Lesen. Er hat eine Passion für Geschichtsbücher und alte Zeitungen. Er ist davon überzeugt, daß seine Augen sich verschlechtert haben, weil ein gewisser «Grindiger», ein Nachbar, den bösen Blick auf ihn geworfen hat. Er erzählt, die Leute seien, als er in seinem Laden die Stoffe zuschnitt, um schöne, weite Kleider daraus zu machen, stehengeblieben und hätten ihn unter erstaunten und entzückten Kommentaren bewundert. Sie waren überrascht von seiner Geschicklichkeit, Schnelligkeit und Sachkunde. Doch der «Grindige» war immer eifersüchtig; ein Heuchler, der Unglück bringt. Er hat Angst vor seinem Blick. Heute ist er nicht nur um das Lesen gebracht, er schneidet auch seine Stoffe verkehrt zu. Seine Kleider sind keine Kreationen mehr, sondern Klamotten ohne Harmonie und Raffinesse. Das ist eine grausame, unerträgliche Erniedrigung. Die Zeit läuft ohne sein Wissen weiter, gleichmütig, außerhalb seiner Sichtweite, außerhalb seines Zugriffs. Die Zeit bleibt nicht stehen. Er aber tritt stundenlang auf der Stelle, kehrt die Zeit um, regt sich auf und gerät wieder an dieselben Gegenstände, dieselbe Wand, dieselbe Feuchtigkeit.

Der heftige, abgerissene Husten holt ihn aus dieser Monotonie, bringt die Ordnung der vor ihm befindlichen Dinge durcheinander. Er weiß, daß die unendliche Wiederholung des gleichen in den Wahnsinn führt. Vorläufig geht es um Besessenheit. Er versucht, nicht in Umnachtung zu versinken, versucht, sich zu kontrollieren. Er dreht sich um sich selbst wie eine verwundete Raubkatze, wie ein angekettetes Kind. Wieder und wieder zieht er die Bilanz seines Lebens. Er beginnt in den zwanziger Jahren, mit der Revolution im Rif, und endet mit dem letzten politischen Ereignis, das ihn geprägt hat. Sein Gedächtnis ist intakt. Er ist notgedrungen ungerecht oder zumindest streng sich selbst gegenüber, was ihm erlaubt, hart zu den andern zu sein. Ist er böse? Diejenigen, die seine sarkastischen Bemerkungen über sich ergehen lassen müssen, meinen es. Tatsächlich hat seine Ironie etwas Brutales und Kränkendes. Aus welchem Grund sollte er die andern schonen? Warum sollte er Zeit verschwenden mit dem Versuch, sie zu verstehen und zu akzeptieren? Sein Wunsch ist es, sie seiner Ermüdung einzuverleiben, in seinen Untergang einzubeziehen. Manchmal sollen sie gut und intelligent, verführerisch und großzügig sein, irgendwie besser als er selbst.

Er steht auf, stürzt beinahe, greift nach seinem Stock. Er beschimpft die Tür, die schlecht schließt, spuckt auf den glatten Fliesenbelag, verflucht die Schöpfung dessen oder derer, die er verdächtigt, für seine Bronchitis verantwortlich zu sein, erhebt vor Gott Anklage gegen jene, die ihn nicht geliebt haben, protestiert gegen die unbeweglichen, arroganten Gegenstände, die in ihrer Unvergänglichkeit bei guter Gesundheit sind. Eine Vase aus blauem Kristall zieht seinen Blick besonders an. Er beobachtet sie, dann geht er davon und sagt: «Sie ist älter als ich. Ich bin weniger alt als sie. Sie hat so vielen Jahren und Unbilden widerstanden. Sie hat so viele Reisen und Umzüge unbeschädigt hinter sich gebracht. Sie wird mich überleben, wie sie meinen Onkel überlebt hat, der sie mir zur Hochzeit geschenkt hat. Doch wozu ist sie nütze? Sie steht einfach da, um mich zu verhöhnen. Das ist unerträglich!»

Eine Geste, eine Bewegung mit seinem Stock genügt, um diese Gegenstände, die ihn aufregen, kaputtzuschlagen. Aber er hält sich zurück. Mehr aus Gewohnheit als aus Geiz. Er weiß, wie böse manche Gegenstände sind, und lehnt es ab, ihnen die Stirn zu bieten. Ebenso weiß er, wie gefährlich die Wörter sind. Er weiß sie so gut zu handhaben, wenn er darauf aus ist, jemanden zu kränken. Er setzt sie voller Stolz ein. Darin liegt seine Stärke. Die Wörter sind seine besten Gefährten. Sie verraten ihn zwar, helfen ihm aber, sich zu ertragen. Solange er sprechen kann, solange er eine mit harten, schneidenden, unwiderruflichen Worten gewappnete Gewalttätigkeit aufbauen kann, weiß er, daß er lebendig ist und die Krankheit nur ein vorübergehendes Gewitter, ein unheilvoller Schatten, ein geschmackloser Scherz.

Diese Wörter liebt er kurz, spitzfindig, farbig. Er geht kunstvoll mit ihnen um. Seine Worte sind berühmt – Pfeile, die verletzen, Bilder, die beunruhigen, Klänge, die verwirren. Er träumt von einem Haus aus Wörtern, in dem die Silben so verschachtelt sind, daß sie eine Lichtarabeske bilden. Dieses Haus würde ihm bei seinen Wanderungen folgen. Er würde nicht darin wohnen. Er hätte Angst, ein Wort unter so vielen andern zu werden, ein beliebiges, von närrischen Silben strapaziertes Wort. Es wäre ein Schatz, aus dem er sich ohne Mühe bedienen würde. Es würde genügen, die Hand auszustrecken und dann nach den passenden Wörtern zu greifen, die er braucht. Doch dieser Wohnsitz ist in ihm. Er weiß es und lacht darüber.

Der Arzt kommt und sieht nach ihm. Er ist ein Freund, ein großzügiger, feiner Mann. Er hat viel Geduld mit ihm. Er fühlt sich ihm nahe. Der Zufall wollte es, daß sie sich in einem dramatischen Augenblick kennengelernt haben. Der Vater des Arztes lag in Fès im Sterben, während er in Tanger jemanden behandelte, der ihn merkwürdig an seinen Vater erinnerte. Beide stammten aus demselben Labyrinth der alten Medina von Fès. Seither verbindet sie eine Freundschaft wie zwischen Vater und Sohn. Fast gleichaltrig, haben jene beiden Männer auch gleiche Erinnerungen. Die gleichen Orte, die gleichen Bezüge leben in ihnen und verfolgen sie. Der Arzt ist jung. Er sieht ihn wie einen Sohn an. Sehr schnell hat jener herausgefunden, wie man mit ihm reden muß, und hat gelernt, ihm nicht zu widersprechen. Er liebt ihn mit der Leidenschaft eines Sohnes, der sich endlich mit einem Vater unterhalten kann. Seine Behandlung hat er damit begonnen, ihm zuzuhören. Er hat sich die nötige Zeit genommen. Sie haben miteinander über Fès gesprochen, ihre Heimatstadt, haben ihre Stammbäume verglichen. Um Haaresbreite hätten sie eine Vetternschaft zweiten Grades entdeckt.

Um die Schmerzen abzuwenden, um sie zu vergessen, genügt es, daß er spricht, plaudert, erzählt. Das ist Leben. Er verbringt mehr Zeit mit dem jungen Arzt, gemeinsam rufen sie Erinnerungen an die Medina von Fès wach, Viertel um Viertel, damals, als sie von den angesehenen Familien bewohnt wurde. Der derzeitige Zustand dieser Stadt bereitet ihm großen Kummer. Er ist den Söhnen von Fès böse, die die Stadt verraten haben, indem sie sie verließen. Er hatte fortgehen müssen, weil sein Compagnon den Laden aufgab und in Casablanca ein neues Geschäft eröffnete. Er hatte damals nicht den Mut, vor allem nicht die Mittel, mit ihm zu gehen. Daher wählte er die einfachste Lösung und folgte dem Beispiel seines Bruders in Tanger, wo es nicht schwer war, Geschäfte zu machen. Es war die Zeit des internationalen Status. Tanger, die Stadt aller Arten von Handel, lebte von Mythen und Legenden. Er kam gerade in dem Augenblick in der Stadt der Meerenge an, als ihr Status sich änderte. Er machte nicht wirklich Geschäfte, sondern speicherte in seinem Gedächtnis die Verbitterung über eine versäumte Verabredung. Zu spät gekommen! Dieser Gedanke verfolgt ihn und tut ihm weh. Er hat diese Tatsache nie gelten lassen, denn er meint, er hätte ein Vermögen gemacht, wäre er einige Jahre früher nach Tanger gekommen. Was er nicht weiß, ist, daß er nicht zu der Sorte gehört, die ein Vermögen macht. Er ist ein Händler, der es ablehnt, auf irgendwelche Tricks oder kleine Schwindeleien zurückzugreifen, um besser zu verkaufen. Er sagt dem Käufer die Wahrheit, er schwört ehrlich und legt sogar seine Gewinnspanne offen. Er ist ein naiver Händler, ein aufrichtiger Mann. Leider sind diese Tugenden in der Geschäftswelt Fehler. Das glaubt er schließlich. Er erkennt, daß seine Aufrichtigkeit ihm nicht dazu verholfen hat, Geld zu verdienen. Er bereut es nicht, aber es beschäftigt ihn doch, vor allem wenn er sich mit seinen Jugendgefährten vergleicht, die heute über ein riesiges Vermögen verfügen. Er erinnert sehr gern daran, daß der Soundso, heute Besitzer mehrerer Kaufhäuser, sein Lehrling, ein Laufbursche war...

Die Schachteln mit Medikamenten stapeln sich auf der Kommode. Kaum welche sind geöffnet. Manche sind angebrochen, andere sind unberührt. Wozu soll er Medikamente nehmen, wo er doch gar nicht krank ist? Ab und zu schluckt er einen Löffel Sirup, um die Bronchien zu beruhigen und den Husten zu lindern. Er sagt, ein Medikament kuriere nicht, sondern erbringe nur den Beweis für die Krankheit und das Gebrechen. Er wirft eine Schachtel Zäpfchen in den Mülleimer. Er haßt diese Behandlungsart; er hat sie nie ertragen. Er hält sie für eine Demütigung und meint, der Arzt habe es an Takt und Zartgefühl fehlen lassen. Das tut man nicht, einen alten Mann zwingen, sich diese Dinger in den Anus einzuführen. Darin liegt gleichsam eine Schande, eine Herabwürdigung, eine Kränkung.

Die Medikamente häufen sich an, weil er sie nicht kauft. Der befreundete Arzt bringt sie ihm mit. Er bedankt sich, als hätte er Blumen bekommen, legt sie auf eine Ecke des Tisches, dann wirft er eins nach dem andern in den Mülleimer. Er will kein äußeres Zeichen der Krankheit um sich haben. Nach einem Hustenanfall nimmt er, nur um sein Gewissen zu beruhigen, eine oder zwei Tabletten. Er ist davon überzeugt, daß das nichts nützt. Er ist überaus stolz darauf, mit bloßen Händen gegen die Krankheit kämpfen zu können. Es ist ein Kampf Mann gegen Mann, eine unmittelbare Konfrontation, ohne irgendeinen Vermittler. Auch Spritzen mag er nicht, nicht einmal wenn sie von den zarten Händen einer schönen jungen Pflegerin verabreicht werden. Er träumt von diesen Händen, die, statt ihn zu stechen, ihm sanft den Körper massieren würden, bis er die Schmerzen und die Traurigkeit vergäße. Aber das ist nicht üblich. Jedenfalls nicht in diesem Haus. Er träumt und lächelt. Er stellt sich vor, anderswo zu sein, ohne Ort und Zeit festzulegen. Sanfte Hände liebkosen ihn. Kein Anwesender stört ihn. Niemand schreit. Er erblickt seinen Freund, den Arzt, der seinen weißen Kittel auszieht und mit ihm zu einer Pilgerfahrt in die Heimatstadt aufbricht. Weißer Nebel umhüllt diese Bilder. Wieder ist es sein Sehvermögen, das ihn täuscht. Er sitzt immer noch in seinem Bett, gegenüber der vor Feuchtigkeit rissigen Wand, und hört das Brausen des heftigen Windes. Er hört ihn nicht nur, er sieht ihn auch. Der Wind ist eine Figur mit glattem Gesicht und sehr breiten Schultern. Sie zieht vorbei und fegt alles mit den Ärmeln ihres leichten, von Wolkenresten geblähten Burnus weg.

Der Wind. Das ist der Feind. Dieser kommt aus jener Senke zwischen der Südspitze Andalusiens und der Nordspitze Afrikas. Man sagt, er erhebe sich zur gleichen Zeit wie die Sonne, aber er hat keine festgesetzte Zeit, zu der er sich wieder legt. Wenn er in Tanger ankommt, beginnt er sich im Kreis zu drehen und findet keinen Ausweg mehr. Das Gerücht besagt außerdem, er werde, wenn er an einem Freitag genau zur Zeit des Mittagsgebets kommt, von den Heiligen der Stadt mindestens sieben Tage und sieben Nächte festgehalten. Manche sprechen ihm eine hygienische Wirkung zu, weil er anscheinend die Stadt säubert, Moskitos und Mikroben vertreibt, vor allem jene, die man mit bloßem Auge nicht sieht. Er trägt sie mit sich und wirft sie ins Meer. Daß die Meerenge von Gibraltar verschmutzt ist, liegt am Ostwind, der die Viren hineinwirft.

Warum nimmt er dann die Bronchien eines alten Mannes aufs Korn? Warum dringt er in sein Haus ein? Er ist unerträglich, besonders wenn er zu pfeifen oder zu heulen beginnt wie ein verwundeter Wolf oder ein tollwütiger Hund. Er weht kalt, dann heiß, knallt nicht richtig geschlossene Türen zu, schleudert Passanten Händevoll Sand oder Staub ins Gesicht. Er ruft Migräne hervor und reizt die Nerven. Er fällt alte Menschen an. Er ist auch der Feind der Fischer. Wenn er das Meer aufwühlt, bleiben die Fischerboote gut vertäut in einer kleinen Bucht.

Der Wind ist natürlich, aber der Geiz? Das ist eine Seinsweise, ein Geisteszustand, eine Weltanschauung. Man ist nicht von Geburt an geizig, man wird es. Er erträgt den Wind und seine Schäden, aber nicht den Geiz und seine Knausrigkeiten. Er wirft den Geiz und die Heuchelei in denselben Topf und verkündet überall lauthals, sie seien schädlicher als der Sturm. Er zitiert häufig folgende Verse aus der Sure *Der Verleumder*:

«Wehe einem jeden Verleumder und Lästerer, welcher Reichtümer aufhäuft und für die Zukunft bereitlegt. Er glaubt, der Reichtum mache ihn unsterblich.»

Wenn er deutlicher werden will, beruft er sich auf folgenden Vers aus der Sure *Die Weiber*:

«(Allah liebt nicht) Geizige und die, welche auch anderen Menschen Geiz anraten...»

Sowenig er die Geizigen mag, sowenig erträgt er jene, die ausgeben, ohne zu rechnen. Auch dabei stützt er sich auf ein göttliches Wort: «Die Verschwender sind Brüder der Dämonen, und der Dämon ist seinem Herrn gegenüber sehr undankbar.»

Es beschäftigt ihn sehr, die Liste der Geizigen einerseits und der Verschwender andererseits aufzustellen. Sie haben unrecht, weil sie extrem sind. Er hat immer die Mitte, die goldene Mitte in Anspruch genommen. Und doch ist er in seinen Worten nicht maßvoll. Einer, der sein ganzes Leben mit Arbeit verbracht hat, ohne je genug Geld zu sparen, kann denen, die es behalten oder zum Fenster hinauswerfen, nur böse sein. Tatsächlich ist seine Besessenheit eine Angst, die Angst, eines Tages bedürftig zu sein.

Er wütet unerschöpflich über die Minderwertigkeit der «Brüder der Dämonen», der Eitlen und Oberflächlichen. Sie stören ihn und machen ihn wütend, als gäben sie sein eigenes Geld aus. Die meisten Leute in seiner Familie sind eher knausrig. Er wünscht sie sich gleichzeitig großzügig! Er sagt, sie seien «wie der Wind». «Man kann nichts dagegen tun!»

Er ein Misanthrop? Nicht wirklich. Er glaubt, der Mensch sei dazu geschaffen, gut, gerecht, menschlich zu sein. Er weiß, daß er sich irrt, aber er kann nicht umhin, der Menschheit immer wieder zu vertrauen. Er liebt jene, die seinen Humor schätzen, jene, die ihn in der herben Kritik unterstützen. Er ist oft enttäuscht. Er sieht seine Illusionen in diesem verfallenen Haus nacheinander dahinschwinden und versteht nicht, warum seine

Opfer gekränkt sind und jede Beziehung zu ihm abbrechen. Nach seiner Logik liegt es daran, daß sie empfindlich sind und keinen Humor haben. Er glaubt nichts Schlechtes zu tun, wenn er die anderen unverblümt auf ihre Schwächen, Brüche und Fehler hinweist. Seiner Ansicht nach ist es immer gut, die Wahrheit zu sagen, selbst wenn sie Kränkungen mit sich bringt. Und er kränkt naiv, ungeschickt und manchmal grimmig. Immer wirkt er erstaunt über die Reaktion der andern.

Nun, da die Krankheit sich in seinem Körper eingerichtet hat wie eine vertrocknete, häßliche Frau, nun, da er kämpft, während er so tut, als ignoriere er sie, lernt er die Einsamkeit in ihrer unerträglichsten Form kennen. Er ist sich selbst ausgeliefert, ohne Zeugen, ohne Nutzen, ohne Opfer. Er ist allein in diesem Bett, das die Formen seines abgemagerten Körpers angenommen hat, neben diesem Stapel von Medikamentenschachteln, vor dieser modrigen Wand, die unaufhörlich näherkommt; er hat Angst, daß die vier Wände anfangen, sich seinem Bett zu nähern, bis sie ein Gehäuse, um nicht zu sagen ein Grab, bilden. Er sieht wohl, was sich ereignen könnte: Wie zur Zeit der Pharaonen wird sich das Zimmer, in dem er leidet, vielleicht in eine hermetisch abgeschlossene ewige Wohnstatt verwandeln. Dieses Bild ruft bei ihm einen Erstickungsanfall hervor; er erhebt sich schreiend, öffnet das Fenster und atmet die kalte Luft ein. Er hustet, trinkt einen Schluck Wasser, verschluckt sich; er wirft das Glas hin. Seine Frau kommt angelaufen, hilft ihm, sich vor dem Fenster aufrecht zu halten; sie drückt die Hände auf seine Brust, um die Wucht zu lindern, von der dieser schmächtige, aber noch widerstandsfähige Körper geschüttelt wird. Ist der Anfall vorbei, läßt er sich vor Müdigkeit in sein Bett fallen; er bringt es fertig, zwei oder drei Bemerkungen zu seiner Frau zu machen. Sie antwortet nicht. Gewöhnlich reagiert sie, und es gibt Streit. Diesmal setzt sie sich auf ihren

Gebetsteppich und wendet sich an Gott. Aus seiner tiefen Ermattung heraus hänselt er sie:

«Deine Gebete werden nicht bis in den Himmel gelangen... Sie stoßen gegen die Zimmerdecke; übrigens ist die Decke so rissig, weil du zuviel betest. Sieh hin, deine Gebete sind alle da... Eine Schicht Farbe genügt, um sie auszulöschen! Das Dach des Hauses ist schwer von diesen Albernheiten, die du aussendest. Je schwerer es ist, desto eher geht mir die Luft aus und desto eher ersticke ich. Deshalb nützen die Medikamente nichts. Ihre Wirkung wird zunichte gemacht. Wozu soll ich sie dann einnehmen? Ich habe meinem Arzt und Freund alles erklärt. Aber mit Rücksicht auf dich hat er mir widersprochen; er hat mir versichert, daß du mit dem, was mir zustößt, nichts zu tun hast; doch er redet nur deshalb so, weil es dir gelungen ist, ihn für deine Partei anzuwerben. Ich bin der einzige Anhänger meiner Partei. Wenn ich abtrete, wird es nichts mehr geben. Ich bin ohnehin zur Einsamkeit bestimmt, von jeher. Ich habe mich nie auf jemanden verlassen. Ich habe alles ganz allein gemacht. Ich weiß, das ist kein Grund, stolz zu sein, aber man muß es noch einmal betonen, zu deiner Information. Ich weiß, ich wiederhole mich. Es muß sein, bei den Frauen muß man sich nämlich wiederholen... Ach, sie ist gegangen. Ich rede mit mir selbst. Das ist nicht gut! Das ist sogar beunruhigend. Oh, ich sollte sie ein bißchen schonen, aber es gelingt mir nicht. Ich bin ihr böse. Wir haben zu viele Jahre miteinander verbracht. Ich kann nicht einmal sagen, daß wir zusammen alt werden. Ich werde allein alt, oder, genauer, wir werden jeder für sich, jeder in seinem Eckchen alt. Wenn ich einen Asthmaanfall habe, ist es ihre Pflicht als Ehefrau, mir beizustehen, mir zu trinken zu geben, kurz, mir zu helfen, daß es vorbeigeht. Ich brauche ihr nicht zu danken. Sie hat mir auch nie gedankt. So ist das. Das ist eine Frage der Erziehung. Man bringt ihnen bei, den Männern zu mißtrauen. Normalerweise mißtrauen sie ihnen, aber sie provozieren sie, indem sie ihnen dauernd widersprechen. Das ist ihre Rache. Ich erinnere mich an die Zeit, als Fès von einer Typhusepidemie heimgesucht wurde. Ich war noch ein Kind. Mein Vater zählte die Särge, die durch unsere Straße kamen. Fast alle Leichenzüge benutzten diese Straße, weil sie zum Tor gegenüber dem Friedhof führte. Abends teilte er uns die Zahlen mit: hundertundzwei Tote, die sich folgendermaßen zusammensetzten: zwanzig Engel, sechzig Unschuldige und zweiundzwanzig Frauen! Sie sind vielleicht nicht für den Typhus verantwortlich, aber sie sind gegen das Virus widerstandsfähiger als die Männer. Mein Vater übertrieb ein wenig. Er mochte die Frauen nicht; er hatte ihretwegen gelitten. Meine vier Brüder sind alle vor ihren Frauen gestorben. Das ist schon merkwürdig! Vielleicht ist es Zufall, aber ich kann nicht umhin zu denken, daß sie, jede auf ihre Weise, das Ende ihrer Männer beschleunigt haben. Das ist wohl auch die Strategie meiner Frau. Ich denke es, aber ich wage es nicht zu sagen. Ich deute es ganz beiläufig an. Ich weiß, meine Söhne würden mir hart zusetzen, wenn sie mich so reden hörten. Sie sind Opfer der Tränen und der dramatischen Szenen, die ihre Mutter ihnen jedesmal vorspielt, wenn sie uns besuchen. Das ist meine Einsamkeit. Niemand, der mich versteht. Niemand, der mich verteidigt. Niemand, der mir Gerechtigkeit widerfahren läßt! Hinzu kommt an diesem trostlosen Tag, daß niemand da ist, mit dem ich sprechen kann. Also schweige ich. Ich schließe die Augen, um das, was ich sehe, nicht mehr zu sehen, denn alles mißfällt mir in diesem Haus. Ich schließe die Augen und sehe anderswohin, in die Ferne, in die Zeit, als ich zwanzig war, in Melilla, in die Zeit der Eleganz und der Verführung. Ich setzte mich, angezogen wie ein britischer Prinz und mit einem Monokel, ins Café *Central* und beobachtete die schönen Spanierinnen. Selbst von ihren zurückhaltenden Blicken war ich eingeschüchtert. Ich fühlte ein Streicheln auf der Schulter, und das reichte mir, um meinen Tag auszufüllen. Ich bin immer von den Frauen fasziniert gewesen, von ihren Körpern, ihrem Duft, ihrem Spiel. Ich hätte ein freier Mann bleiben sollen, verfügbar und verführerisch. Ich hätte einen großen Teil meines Lebens auf den Terrassen der Cafés verbracht und wäre heute nicht krank, in dieses feuchte Zimmer, in dieses durchgelegene Bett eingesperrt, dieser rissigen Wand gegenüber, mit dieser Frau, die nur beten kann, umgeben von den Geistern meiner zu früh in den Himmel beförderten Freunde, die mich der Einsamkeit und den abgenutzten, verbrauchten, blassen und vielleicht nicht einmal existierenden Erinnerungen überlassen haben.

Gewiß, Lola hat leibhaftig existiert. Ich habe noch ihr Foto. Aber die anderen Frauen, die mich auf der Terrasse des *Central* begehrlich anblickten, sind reine Erfindung. Ich bin kein Jüngling mehr, der an diese geschönten Bilder glauben könnte. Ich bin ein Greis, der wehklagt, weil seine Bronchien von einem Rest Nikotin, vom Ostwind, vom bösen Blick und von der Gegenwart einer Ehefrau angegriffen sind, die ihre Zeit damit verbringt, mir zu widersprechen. Ich bin ihr gegenüber wahrscheinlich ungerecht, aber ich brauche eben jemanden, um diese Energie zu verausgaben, die mich leben läßt. Es ist seltsam, ich brauche sie; ich ertrage es nicht, wenn sie zu ihrer Tochter oder zu ihrem Sohn reist; aber sobald sie da ist, geht sie mir auf die Nerven. Ich zittere vor Angst (lasse es mir aber nicht anmerken), wenn sie wirklich krank wird. Ich gerate in Panik, aber ich verberge meine Erregung gut. Ich gestehe, daß ich sie nicht mehr so oft aufziehe, aber das fehlt mir! Zwischen ihr und mir gibt es mehr Unverständnis als Zärtlichkeit. Auf alle Fälle mißtraue ich der Zärtlichkeit. Das ist Schwäche, eine Falle, eine Form von Heuchelei, die unserer Lebensweise nicht gut ansteht. Zärtlichkeit, Liebe, Umarmungen... Man könnte meinen, das wäre nichts für uns; man könnte meinen, das wäre importiert. Diese Gefühlsäußerungen haben ihren Ursprung in der Schamlosigkeit.

Bin ich ausschweifend, daß ich unentwegt nörgle, daß ich rückhaltlos protestiere und kritisiere? Bin ich ausschweifend, wenn ich aus meiner Stille heraus das Verlangen nach einer zweifellos imaginären Frau aufkommen lasse, einer Frau, die aber durchaus existieren, die in diesem Moment äußerster Einsamkeit hier sein könnte und meinen Körper streicheln, meine Schmerzen lindern, meine Gebrechen, meinen gestörten Schlaf, meine ungerechten Wutanfälle vergessen machen könnte?

So bin ich nun einmal. Mir selbst gestehe ich es ohne weiteres ein, aber nicht den andern. Die Strenge gegen mich selbst behalte ich für mich; ich brauche sie nicht laut von den Dächern zu verkünden; vielleicht lasse ich deshalb andere nicht über mich urteilen; jedenfalls gibt es nur wenige, die das wagen... Wenn ich es bedenke, stelle ich fest, daß sie es tun, indem sie fortbleiben, indem sie meine Einsamkeit verstärken, indem sie mich isolieren. Keiner meiner Neffen ist gekommen und hat sich nach meinem Befinden erkundigt... Oh, ich sehe sie alle an meinem Todestag herbeilaufen... ich denke nicht gern daran... ich bin abergläubisch... dann müssen sie ihren Laden wohl oder übel im Stich lassen, ein paar Geschäfte versäumen und sich zu einem letzten Gruß bei dem alten Onkel einstellen. Ihr ganzer Tag wird dadurch verdorben sein. Eine winzige Rache, eine ganz kleine Rache! In dieser Familie werden Anwesenheitsrekorde eher auf Beerdigungen als auf Hochzeiten erzielt. Ich bewahre die Liste jener auf, die es nicht für nötig hielten, sich zur Hochzeit meines ältesten Sohnes zu bequemen. Ich kenne ihre Begründung. Sie ist ebenso dumm wie mein Groll.

Welcher Tag ist heute? Ein trostloser Tag, ein Tag ohne Sonne, ohne Freude. Vielleicht Freitag. Ist ja einerlei! Ich muß wieder zu Kräften kommen, um nach Casablanca zu fahren. Ich brauche Ware. Ich muß mich auf die Festtage vorbereiten. Die Muselmanen kleiden sich an den Festtagen gern weiß. Ich muß hin. Vierhundert Kilometer! Eine Tagesreise! Ich könnte meine Bestellung auch telefonisch durchgeben, aber es gibt immer irgendeinen Bastard, der mir Ausschuß liefert. So sind die Leute; wenn du ihnen vertraust, betrügen sie dich.»

Er hat den Omnibus nach Casablanca genommen. Das sind alte Fahrzeuge, in denen man die Leute zusammendrängt, die irgendwie fahren und oft anhalten, um Reisende aufzunehmen. Die Touristen mögen diese Art des Reisens im allgemeinen. Sie sagen, es sei pittoresk und ermögliche ihnen, das Land besser zu entdecken. Sie ertragen, ohne mit der Wimper zu zucken, den Staub, den Zigarettenrauch, die mangelhafte Hygiene, den Lärm und das Wehklagen der Bettler, die an den verschiedenen Haltestellen zusteigen. Es ist keine Reise, sondern ein Alptraum. Er weiß es wohl und erträgt es. Die Tatsache, daß er eine solche Tour unternehmen kann, beruhigt ihn. Er bietet der Krankheit und seinen Angehörigen die Stirn, die ihn von dieser Reise abzuhalten versuchen. Er leidet, flucht im stillen, macht sich über die vulgären Reisenden lustig, legt aber Wert darauf, daß das Leben weitergeht, als habe sich nichts geändert, als sei sein Körper noch voller Energie und Jugend. Nicht der Körper ermüdet, sondern der Blick ist wund. Er ist nicht zufrieden mit dem, was er sieht, was er hört. Was ihn schmerzt, ist Wehmut. Er fragt sich, warum die Dinge sich ändern, wo die Leute doch immer gleich bleiben, voller Selbstgefälligkeit, mit sich zufrieden, eingenistet in ihre Gewißheiten und ihre Mittelmäßigkeit. Er wundert sich, wenn er sich in den Straßen von Casablanca verirrt, wenn er die Gesichter und die Orte von einst nicht wiederfindet. Jede Reise ist eine Prüfung. In den Geschäften lösen die Söhne die Väter ab. Er erkennt sie nicht mehr. Das regt ihn auf; er wagt nicht, sich nach diesem oder jenem zu erkundigen; er hat zuviel Angst, zu erfahren, daß die einen wie die anderen gestorben sind. Diese Verschiebungen, diese häufigen Veränderungen tun ihm weh. Wie früher begutachtet er die Ware,

wählt die Stoffe aus, bestellt, versucht den Preis herunterzu-
handeln, bezahlt seine Rechnungen und reist erleichtert wieder
ab. Er weiß, man wird ihn betrügen, manche machen sich über
ihn lustig. Er läßt sich nicht täuschen. Er geht seiner Arbeit
ebenso gewissenhaft nach wie vor fünfzig Jahren.

Die Ware trifft verspätet und in schlechtem Zustand ein. Mit-
tendrin findet er immer einen Posten, der nicht seiner ur-
sprünglichen Wahl entspricht. Er läßt es sich nicht gefallen,
protestiert telefonisch und schriftlich, schickt den fehlerhaften
Stoff zurück, wartet wochenlang auf die Reaktion des Verkäu-
fers. Das beschäftigt ihn und gibt ihm Kraft; er rächt sich an
den unehrlichen Menschen und an der Zeit. Er wird stärker als
die Zeit – ein furchterregender alter Kerl, ein hinkender Pirat,
ein leerer Himmel, ein weißer Strand, ein Land voller Löcher
und Gruben, eine Wüste des Schweigens, eine verräterische
Hand, ein verschlagener Blick. Ach, die Zeit! Er verwechselt
sie oft mit der Epoche, deren Räderwerk, deren Fallstricke und
deren Lachen er kennt. Er hat immer gekämpft, damit sein Gedächtnis intakt bleibt, außerhalb der Reichweite der Zeit. Seine
Erinnerungen sind fest verschnürt. Keine entfernt sich. Sie
sind da, immer gegenwärtig, bereit aufzutauchen, treu, genau,
unverändert. Es kommt vor, daß er sich wiederholt. Das ist kein
Vergessen, sondern Angst. Er kontrolliert sein Gedächtnis, er
macht Inventur. Auf diese Weise entzieht er sich dem Alter.

Diese Treue zur Vergangenheit gehört zu den Eigenschaften,
auf die er stolz ist. Sie ist auch sein Kummer, denn er weiß, er
ist im Begriff, der letzte Zeuge einer Epoche zu werden. Er
blickt wieder um sich und entdeckt, daß er allein in einer
Einöde ist. Niemand mehr da. Alle tot oder verschwunden. Sie
sind alle fort und hinterlassen hier und da ein paar Erinnerungen, Bilder, den Nachklang von Stimmen. Er horcht und freut
sich, sie kartenspielend, teetrinkend und über alles und nichts

lachend um einen runden Tisch plaudern zu hören. Sie dürften nicht sehr weit sein. Das beunruhigt ihn: er nähert sich ihnen. Seine Vision wird genauer: sie sind unter der Erde; die Ameisen haben ihr Fleisch gefressen; ihr Gesicht ist nur noch ein Gehäuse; sie haben kein Gesicht mehr; nur die Zähne sind noch an ihrem Platz. Die Stimmen dringen noch immer zu ihm, aber immer verschwommener und undeutlicher. Vielleicht ist das der Tod: vertraute Stimmen, die durch die Erde dringen und zu uns gelangen, unkenntlich.

Die Gegenstände sind böse. In seinen Augen verdienen sie es, rücksichtslos übereinandergestapelt in einem Keller oder einem abgelegenen Raum dem Verschleiß und dem Verfall überlassen zu werden.

Er wirft nichts weg. Er hebt alles auf. Ausgediente Gegenstände werden in einer Abstellkammer verstaut und von Schimmel oder Rost zerfressen. Die Gegenstände sind in ihrer ungeheuren Nutzlosigkeit aufgereiht, Beweisstücke eines ausgefüllten Lebens. Sie sind die Markierungen der Zeit, selbst wenn sie nichts Bestimmtes bedeuten: durchgebrannte Glühbirnen, zerbrochene Kerzen, kaputte Lampen, Wasserhähne, elektrische oder mit Kohle erhitzte Bügeleisen, Hunderte von Schlüsseln in allen Größen, Radioapparate, Nägel, Bindfäden, Stühle, denen eine Lehne oder ein Bein fehlt, Schuhe, erblindete Spiegel, bündelweise Schulhefte, zerrissene Ranzen, Stöcke, ein Paar Handschuhe und sogar ein Gebiß...

Seit er alle seine Zähne verlor, besaß er nie die Geduld, sich an das Essen mit einem Gebiß zu gewöhnen. Er hat es nicht weggeworfen, sondern zusammen mit diesen Gegenständen aufgehoben, die seine Geschichte erzählen.

Ihm graut davor, etwas reparieren zu müssen, was kaputtgegangen ist; er wird versuchen, einen tropfenden Wasserhahn mit einem Stück Bindfaden stillzulegen. Er ist für das Werkeln im Haus unbegabt, und doch tut er alles, um mit den defekten Gegenständen auszukommen. Wenn ein Gerät nicht mehr läuft, läßt er es in der ersten Zeit, wie es ist, und hofft auf ein Wunder; danach macht er einen Versuch, es in Ordnung zu bringen, indem er an den Schläuchen hantiert, an den Knöpfen dreht, auf die Nägel schlägt..., dann gibt er auf, nachdem er es verflucht hat. Er ist zum Werkeln gewillt, hat aber keinerlei Geschick darin. Er haßt die Handwerker, die Pannenhelfer, insbesondere die Klempner. Er versteht nicht, warum ein Gerät aufhört zu funktionieren. Er versteht auch nicht, warum eine Wand Risse bekommt, warum Eisen einfach rostet.

Er richtet zwischen sich und den Gegenständen eine Art Wettkampf aus. Er meint, die Gegenstände seien böse, weil sie ja doch ein hartes Leben haben. Er beobachtet einen nach dem andern und sagt sich: «Was für ein Jammer, was für eine Ungerechtigkeit! Sie werden mich überleben; repariert oder nicht, werden sie weiter da sein, da stehen, ob nützlich oder nutzlos!»

Er hat Mühe, das zu reparieren, was unentwegt in ihm kaputtgeht; er weigert sich zu akzeptieren, daß dieser Körper, der so viele Strapazen durchgemacht und ausgehalten hat, ihn im Stich lassen kann und nicht mehr flink und beweglich ausführt, was er ihm abverlangt. Das Alter ist dieser Bruch, diese Leere, die sich im Körper einstellt und den Geist quält. Sie akzeptieren heißt sich als besiegt, erledigt bekennen, heißt entlassen und abberufen werden, ohne ein Wörtchen mitreden zu können.

Besessen vom Streben nach Ewigkeit, hat er nie eingesehen, warum seine Haare alle ausgefallen sind, sein Sehvermögen sich verringert, sein Gehör sich verschlechtert hat und Mikroben sich in seinen Bronchien festsetzten. Mit der gleichen Hartnäckigkeit hat er niemals begreifen wollen, warum das Geld an Wert verliert. Er erinnert gern daran, daß er sein erstes Haus für fünfzigtausend Centimes gekauft hat. Das war 1920; ein Rial – fünfundzwanzig Centimes – reichte, um sich für eine Woche zu versorgen.

Ewigkeit der Werte; Unwandelbarkeit der Dinge. Er mag nicht, was sich bewegt und ihm seine Landschaft verändert. Er mag weder Bewegung noch Geschwindigkeit, noch eilige Leute. Die Jahre sollen ohne allzuviel Getue aufeinander folgen. Warum drücken sie ihren Stempel – tiefe Furchen – auf die Gesichter, in den Körper und das Gedächtnis? Das Haus genügt, um ihren Verlauf zu bezeugen. Es ist alt und schwerfällig. Es ist bestimmt älter als er. Zu Beginn des Jahrhunderts von einer jüdischen Familie erbaut – er hat es dem Rabbi von Tanger abgekauft –, ist es heute sehr müde. Es ist allseitig von der Feuchtigkeit angegriffen und müßte instandgesetzt werden. Früher war in den Häusern keine Heizung vorgesehen. Marokko hat den Ruf, ein heißes Land zu sein. Doch seit einigen Jahrzehnten ist der Winter hier unfreundlich. Hat die Erde sich abgekühlt, oder liegt es am Marokkaner, der die Annehmlichkeiten der Heizung entdeckt hat? Diese Annehmlichkeiten sind ihm nicht nur fremd, er weigert sich auch, sie in seinem Haus einzuführen. Deshalb wird das Haus von der Kälte bewohnt. Sein Blick folgt den Rissen in der Wand, aber er erkennt sie nicht. Er sagt: «Ach was, das sind keine Risse, das ist nur der Anstrich, der abblättert!» Er hat bestimmt weder Mut noch Lust, noch die Kraft zu Bauarbeiten an diesem Haus. Er weiß, würde er in diesem alten Bau alles reparieren, ginge er sich selbst in die Falle. Wozu einen Komfort einrichten, der unweigerlich seiner Gesundheit, seiner Klarsicht und seinen Abwehrkräften Hohn spräche?

«Ständig wollen sie irgend etwas in diesem Haus reparieren! Man könnte meinen, jemand hätte sie dafür bezahlt! Wenn ich es ablehne, eine Heizung einzubauen, dann nicht aus Sparsamkeit, sondern weil mein Körper es nicht verträgt. Sobald ich aus dem Haus gehe, werde ich mich erkälten; ich habe nämlich anfällige Bronchien. Sie, die Feinde, denken nicht an diese Folgen; sie wollen mit der Mode gehen, modern sein; ich behaupte nun aber, daß dieses Moderne nichts für mich ist. Ich bin ein einfacher Mann. Ich mag den Schein und die Verschwendung nicht. Ich stamme aus einer andern Epoche und vielleicht aus einer anderen Kultur. Es hat lange gedauert, bis ich akzeptiert habe, daß die Mahlzeiten, die ich esse, auf Gas gekocht werden. Ich bin ein Mann der Tradition, und ich bin in diesem Haus der einzige, der die Verdienste der Ahnen preist. Ich habe Zeit gebraucht, um die Nützlichkeit eines Kühlschranks zuzugestehen. Ich verabscheue künstlich Konserviertes. Das Haus sagt mir so, wie es ist, zu. Ich erinnere mich an den Tag, als meine Kinder mir die Pilgerfahrt nach Mekka schenken wollten. Zum einen hat mich diese drängelnde und mit Füßen tretende Menge nie angezogen, zum andern möchte ich von den heiligen Stätten lieber das Bild behalten, das ich mir von ihnen gemacht habe, und schließlich ist mir klargeworden, daß man mich einige Wochen entfernen wollte, um Umbauten im Haus vorzunehmen. Niemals! Solange ich da bin, wird kein Klempner, kein Maurer mein Haus betreten. Das sind Schmarotzer, Komplizen der Zeit, die unsere Zellen zerstört.

Warum wollen sie nur ständig etwas oder jemanden in diesem Haus reparieren? Im Badezimmer ist die Wasserleitung undicht, aber muß man deswegen einen Klempner bemühen? Mit etwas Geduld kann man das Leck aufspüren und abdichten. Ich hätte es machen können, aber meine Augen sind schlecht. Und wieso schließt dieses Fenster nicht? Das ist normal, das Holz hat den ganzen Sommer gearbeitet. Ich klemme es mit einem dicken Kissen fest. Ganz einfach. Mit den Gegenständen kann man immer zurechtkommen; man muß sie nur zu nehmen wissen: sie nicht mit Gewalt behandeln. Mich darf man auch nicht mit Gewalt behandeln. Momentan ist alles an seinem Platz. Diese Reglosigkeit beunruhigt mich. Denken wir nicht mehr daran.»

Er döst in einer vom Ticken der Uhr gegliederten Stille. Diese Regelmäßigkeit macht ihn nervös. Der Zeiger rückt jede Sekunde vor. Er hebt den Kopf, sieht zum Büffet hinüber, dann verzagt er und winkt ohnmächtig mit der Hand. Das Alter, die dichte Zeitgeschichte, die er durchlebt hat, seine anstrengenden Reisen, die Summe seiner Strapazen und Prüfungen dienen ihm heute als Attest seiner Gesundheit oder als Zeugnis für ein erfülltes Leben. Das scheint ihn zu ermächtigen, den einen wie den anderen Lektionen zu erteilen. Er spürt, daß seine Erfahrungen verbunden mit seiner Intelligenz den anderen nützlich sein müßten. Aber selten sind die, welche ihn um Rat fragen. Er leidet darunter. Er vergleicht sich mit einer Bibliothek, in der niemand nachschlägt: Geschichtsbücher, Werke über Moral, Soziologie und sogar Volkswirtschaft. Eine Weltanschauung und eine Philosophie, die Mühe haben, sich zu verbreiten. Er weigert sich zu denken, daß die Leute sich wegen seines Charakters nicht für ihn interessieren.

«Ich will nur ihr Bestes. Was ist denn dabei, wenn ich ihnen die Lektionen aus meinen Erfahrungen, das Ergebnis meiner Prüfungen, die Substanz eines mit dem Jahrhundert begonnenen Lebens vermitteln möchte? Ich weiß, die meisten fragen lieber ihre Frau um Rat; sie müssen es; das sind unterwürfige Männer; sie glauben, die Frauen seien gute Ratgeberinnen; die Ärmsten! Tatsächlich unterwerfen sie sich der Meinung ihrer Ehefrauen, weil sie nicht anders können. Das ist normal, sie versuchen, die Hölle zu meiden. Können Sie sich vorstellen, wie ich mit einer Frau diskutiere, ihr zuhöre, dann in höflichem Ton antworte, die Situation unter mehreren Aspekten bedenke, als wären wir im britischen Parlament? Nein! Ich erinnere mich nicht, je ein Gespräch mit einer Frau geführt zu haben. Womöglich war das ein Fehler, aber mein Temperament hat mir immer davon abgeraten. Mein Temperament ist mein bester Freund und Verbündeter. Ich vertraue ihm voll und ganz. Diejenigen, die ihre Frau wegen allem und nichts um Rat fragen, haben kein Temperament. Meine Söhne haben mich enttäuscht: sie fragen nicht nur niemals nach meiner Meinung, sondern folgen wortwörtlich den Entscheidungen ihrer Ehefrauen, und außerdem hören sie auf den Rat ihrer Mutter. Sie sind doppelt im Irrtum. Ich weiß nicht, wie ihr Leben aussieht. Ich weiß, daß ihre Frauen mir gegenüber gleichgültig sind. Es fehlt nicht viel, und sie würden mir den Respekt versagen. Ich hätte zwischen meinen Kindern und mir gern ein freundschaftliches Verhältnis hergestellt. Darin liegt mein Scheitern. Ich stelle fest, daß sie ihrer Mutter näherstehen als ihrem Vater. Das ist nicht verwunderlich. Ich bin das einzige Mitglied meiner eigenen Partei; das macht nichts; ich bin immer allein gewesen, und das war richtig. Jetzt brauche ich nur mehr ein Bündel Heu zu kaufen und da, neben mir, aufzubewahren; für den Fall, daß jemand mich für einen Esel hält, würde ich davon essen!»

Dieses Bild wird er oft in verschiedenen Varianten wiederholen. Der Esel wird mal ein Lamm, mal ein Maultier sein; das Bündel wird aus Heu, aus Stroh oder aus Gerste bestehen. Und er wird immer derselbe sein, auf demselben Platz sitzen, müde vom Leben und von sich selbst, in einer schmalen Gasse auf- und abgehen, die Augen zum Himmel heben, wo dicke Wolken sich an diesem endlosen Tag gegen ihn verschworen haben.

Weiß er, daß das Wiederholen unerträglich ist? Derselbe Satz, in verschiedenen Betonungen wieder und wieder gesagt, mit immer heftiger werdendem Zorn, mit einer Beharrlichkeit und einem Nachdruck, die eine tiefe, schmerzhafte Furche wie eine Wunde in den Körper des Menschen vor oder neben ihm schürfen sollen. Manchmal vermittelt der Nachdruck das Gefühl, er sage diesen Satz zum erstenmal und ärgere sich, wenn man ihn nicht mit der erforderlichen Aufmerksamkeit anhört. Diese Tyrannei ist unvermeidlich. Was er sagt, ist weder unsinnig noch uninteressant. Aber es wird dazu, indem der Abgrund von Unverständnis zwischen ihm und den anderen sich jedesmal vertieft.

Mit einem Gedächtnis in ausgezeichnetem Zustand und von hoher Präzision – wenn er eine sechzig Jahre alte Begebenheit schildert, gibt er die genauen Namen der Personen an, um die es geht, beschreibt er die Gegenstände bis hin zu dem damaligen Kaufpreis – sticht er jene aus, die ironische Bemerkungen über sein Alter machen. Er gefällt sich darin, ihnen eine Lektion in Erinnerung zu erteilen, gehütet wie ein Schatz und getreu übermittelt. Darin wagt niemand ihm zu widersprechen. Er wird in der Familie als die zuverlässigste Quelle für die genauen Daten herausragender Ereignisse geschätzt: Geburten, Hochzeiten, Todesfälle, Zerwürfnisse, Scheidungen, wichtige Reisen, Rückkünfte, Schneetage – zwei in fünfzig Jahren! –, Beschneidungen, zweite Eheschließungen, Konkurse, Geschäfte, Streiktage gegen die Präsenz der Franzosen usw.

Er hat ein großes Heft, in dem alles aufgeschrieben steht, einschließlich des Preises für das Bund Minze, das er am Tag der Beschneidung eines seiner Neffen gekauft hat, der heute über sechzig ist!

Wenn die Familie sich früher versammelte, machte es ihm Spaß, bestimmte Seiten aus dem großen Heft laut vorzulesen.

Nichts bleibt darin ungesagt, weder was die Dinge kosten noch die Anekdoten, die sich bei dieser oder jener Zeremonie ereignet haben:

«Heute, Freitag den 1. Moharem, im Jahre 1362 der Hedschra, wurde bei meinem Bruder Mohamed von seiner zweiten, schwarzen Frau Izza ein Junge geboren. Die weiße Frau ist mit ihren Kindern zu ihren Eltern nach Sefrou gefahren. Ihr Bruder hat sie abgeholt. Die Busfahrt hat drei Rial gekostet. Sie haben einen irdenen Krug voll Pökelfleisch mitgenommen. Bevor sie das Haus verließ, hat sie die Speisekammer, die Küchenschränke und natürlich ihr Schlafzimmer abgeschlossen. Izza hat alles bemerkt und nichts gesagt. Die dritte, schwarze Frau, die kranke Dada, ist aufgestanden, um Izza zu helfen und ihr moralisch beizustehen. Die Hebamme hat gezögert. Ich habe sie abends geholt und mußte ihr einen Vorschuß geben. Es war eine traurige Geburt. Mein Bruder war sich nicht im klaren darüber, was er angerichtet hatte. Der Junge wurde bei Tagesanbruch geboren. Er ist schwarz, so schwarz wie seine Mutter. Die Taufe fand am folgenden Freitag statt. Keiner aus der Familie ist gekommen. Ich habe mich geschämt. Das für dreizehn Rial gekaufte Schaf wurde heimlich geschlachtet. Die beiden Sklavinnen weinten still. Unsere anderen Brüder sind in das Geschäft von El Attarine gekommen, um das Neugeborene willkommen zu heißen. Sie haben keinen Kommentar abgegeben. Ihre Frauen dagegen haben böse Bemerkungen gemacht. Nach vierzig Tagen ist die weiße Frau zurückgekommen.

Geschrieben in Fès, am 10. Safar, 1362 der Hedschra.»

Er klappt das Heft zu und erzählt die Fortsetzung aus dem Gedächtnis. Er erwähnt insbesondere die Streitigkeiten, die nach diesem Ereignis in der Familie stattfanden, und sortiert die Beteiligten nach Gleichgültigen, Unschlüssigen und Boshaften. Er schont keinen. Er schildert die Reaktionen und Kommentare eines jeden bis ins Detail:

«Vor den Nachkommen von Sklaven muß man sich hüten», hat Fatma gesagt. Aïcha hat hinzugefügt: «Wenn das so weitergeht, werden sie uns bald aus unserem Zuhause verdrängen!» Khadouj hat gesagt: «Man muß sich in acht nehmen; eines Tages wird der Junge seine Mutter rächen!» Und darauf Malika: «Ich dachte, die Schwarzen dienten nur dazu, den Haushalt zu machen, nicht, Kinder zu machen!»

Jeder dieser Sätze ist eine Wunde im Herzen des Neffen, der heute ein angesehener Beamter ist und hin und wieder seinen Onkel besucht, damit er ihm zum x-tenmal die Umstände seiner Geburt schildert. Um das Bild zu vervollständigen, beschreibt er die damalige politische Situation in Marokko, zitiert die Namen der von Frankreich eiligst herbeigeschickten Offiziere, die die Ordnung in einem Land aufrechterhalten sollten, in dem sich, vor allem in Fès, die nationalistische Bewegung allmählich bemerkbar machte.

Der Krieg, fast der gesamte Weltkrieg, war in einem geschlossenen, verschnürten Karton gestapelt: etwa hundert Nummern von *Life* sowie andere amerikanische Magazine, welche den Mut und die Ehre der Soldaten rühmten, die in der Normandie landeten.

Als er Fès überstürzt verließ und nach Tanger ging, mußte er den kostbaren Karton einem Verwandten überlassen, der ihn bei einem Umzug in einem feuchten Keller vergaß. Auf diese Weise ging ihm ein Teil seiner Gedächtnisstützen verloren und machte ihm die Geschichte dieses Krieges fremd, von dem er nur die Auswirkungen kennenlernte, wie Knappheit, beginnende Hungersnot und die Bilder der Nazigreuel, wie die ganze Welt sie nach der deutschen Niederlage entdeckte. Er ist fest davon überzeugt, daß der Hitlersche Wahnsinn in seinem Programm nach der Ausrottung der Juden die der Araber vorsah.

«Nun wissen die Ratten der Medina von Fès besser über den Zweiten Weltkrieg Bescheid als mein Schwachkopf von Cousin, bei dem ich den Geschichtskarton dummerweise gelassen habe. Diesem Ungebildeten einen Schatz anzuvertrauen heißt, Perlen vor die Säue und Ingwer vor die Esel zu werfen. Ich bin von Ignoranten umgeben; sie regen mich auf, weil sie sich des Schadens, den sie anrichten, nicht bewußt sind. Es kommt sogar vor, daß manche sich auch noch überheblich und selbstgefällig geben. Zu denen kann ich nicht anders als böse sein. Ich gebe ihnen einen Spitznamen. Am Anfang finden das alle unpassend, dann, nach und nach, heftet sich der Spitzname an ihre Gesichtshaut und drückt die Wahrheit aus: da ist der ‹Konsul›, jener nicht unsympathische Neffe, dem seine Mutter eine diplomatische Laufbahn vorhersagte und der heute Djellabas an Touristen verkauft; da ist die weißhäutige, feiste Cousine, der ich den Beinamen ‹weißer Krug› gegeben habe; und dann das ‹Ungeheuer›, wegen der heiseren Stimme, die den Kindern angst macht; und der ‹Rabbi›, wegen der Manie für Geheimnisse und Geflüster; dann ist da der ‹Prior›, der zuviel betet; zu sehr Prior, um ehrlich zu sein!...»

Den Sieg trägt seine Frau davon, die er mit einer Unmenge von Spitznamen ausstaffiert. Er hat sie nie mit ihrem Vornamen angeredet. Ihren Namen nennen hieße sie anerkennen und respektieren: ‹die Spinne›; *Media-Mujer* (sie ist klein); ‹der Lärm›, ‹der Donner›..., so in Friedenszeiten. In Zeiten der Wut geht er weiter: ‹das Aas›, ‹die Wahnsinnige› usw.

Seine Manie, die anderen zu karikieren, bringt ihm viel Ärger ein. Heute wird es ihm bewußt. Er ist isoliert. Er hat sich niemandes oder fast niemandes Wertschätzung erhalten können. Seine Worte sind Glut, die auf Wunden trifft; seine Aussprüche wirken wie eine scharfe, blanke Waffe; sein nachtragender Groll wird von einem guten Gedächtnis und maßlosem Stolz geschürt. Er ist ein Rebell mit einer gequälten, unbefriedigten Seele. Wenn er sich politisch betätigt hätte, wäre er ein Anarchist, ein Desillusionist gewesen. Übrigens glaubt er nie, was die Politiker im Radio und im Fernsehen erzählen. Er ist ein verbitterter Mann, der sich als gebildeter Mann ausgibt und niemanden seiner würdig befindet.

Manchmal genügt ein Wort, eine Geste, um ihn gütig, rührend, glücklich zu stimmen. Im Grunde ist seine Bosheit oberflächlich; sie besteht aus Wörtern und Kalauern, und die Wörter gehen oft über sein Denken hinaus. Er weiß, daß sie schneller herumkommen als sein Wille, aber er beklagt sich nicht darüber. Für ihn sind es nur Wörter, und die Leute haben unrecht, wenn sie sie aufnehmen, als wären es Steine oder Pfeile. Die Sprache fasziniert ihn, weil sie ihm erlaubt, seine Intelligenz artistische Kunststücke vollführen zu lassen. Wenn er seine Kenntnisse in Sachen Gewürze oder seine Talente als Schneider nicht beweisen kann, spielt er mit den Wörtern, oft auf Kosten anderer. Wenn er übertreibt, sagt er, er habe sich im Gewürz geirrt. Es schmeichelt ihm, humorvoll und ironisch zu sein. Um vor Kritik sicher zu sein, schont er sich nicht. Er versteht nicht, warum die anderen sich ärgern, wenn sie Opfer seiner sarkastischen Bemerkungen sind. Er mag die Leute. Er ist glücklich, wenn das Haus voller Gäste ist. Um seine Freude zu zeigen, macht er alle Lampen an. Man weiß nicht, ob er froh ist, weil er ein Publikum für seine Scherze hat oder weil ihre Anwesenheit ihm schmeichelt. Daß er zu Frauen bissig ist, liegt wahrscheinlich daran, daß er sie zu sehr liebt. Daß er ihnen böse ist, liegt daran, daß er sie nicht alle verführen kann. Zu Kindern hingegen verhält er sich eindeutig und klar: er erträgt sie nicht; er findet sie aufreizend, unerzogen, verwöhnt und gerissen. Der Krach, den sie machen, stört ihn. Er mag weder Tiere noch Kinder. Am liebsten sind ihm die Pflanzen. Er ist imstande, einen ganzen Tag in dem Gärtchen mit der Pflege seiner Bäume und Blumen zu verbringen. Er vergißt sich. Er träumt. Das hebt seine Stimmung. Die Kinder sind nicht lieb zu ihm. Sie provozieren ihn. Sie sind erbarmungslos. Bei der Hochzeit eines seiner Neffen hatte er vorgeschlagen, den Kindern den Zutritt zum Haus zu verbieten; das war zum Spaß gesagt, aber er meinte es wohl wirklich. Der Bräutigam, dem ein schreckliches Balg aufgefallen war, beauftragte einen Wärter, sich um das Kind zu kümmern und es während des Fests unschädlich zu machen. Seltsam: ein Anarchist, der weder Unordnung noch Phantasie mag. Auch Überflüssiges, alles, was dem äußeren Schein schmeichelt und die Eitelkeit nährt, schätzt er nicht. Seit jeher ist er auf der Suche nach etwas Seltenem und Undefinierbarem. Das ist sein Geheimnis. Er besucht oft Antiquitätenhändler und spaziert über Flohmärkte. Er bleibt stehen, betrachtet die antiken Gegenstände, dann geht er weiter.

«Eines Tages habe ich einen herrlichen venezianischen Spiegel gefunden. Einen riesigen, schweren, etwas beschädigten Spiegel. Ich verliebte mich in ihn. Ich wollte ihn sofort haben, sogar ohne zu wissen, wo ich ihn aufhängen würde. Er gefiel mir. Er mußte mindestens hundert Jahre alt sein. Jedenfalls ist er älter als ich; ich war froh, ihn zu retten, denn er hätte von einem Bordellbesitzer gekauft werden können, und dann hätte der Spiegel nur widerwärtige Bilder zurückgeworfen, wo er doch in einer angesehenen Familie benutzt worden sein und ein sagenhaftes Gedächtnis haben muß. Er hätte von einer heftigen Bö des Ostwindes zerbrochen werden können. Ich habe ihn gerettet. Ich mietete einen Träger mit einem Karren, und wir durchquerten vor den entgeisterten Leuten die Stadt. Ich ging hinterher, ich folgte den Lichtblitzen, die der schöne Spiegel reflektierte. Er erfreute die Passanten; die Mauern der Stadt und ein Teil des Himmels zogen durch diesen magischen Raum hindurch. Er warf verschönerte Bilder zurück, als würde er aus

der Finsternis wiedererstehen, in der er abgestellt und vergessen worden war.

Seit ich ihn aufgehängt habe – ich bin der einzige, der seinen
Wert kennt –, höre ich nicht auf, ihn zu befragen. Von Zeit zu
Zeit scheint es mir, als sähe ich ein Gesicht darin, eine behand-
schuhte Hand, einen Garten im Nebel. Ich denke gern, daß er
einer so faszinierenden Frau wie der Kameliendame gehört hat.
Denn das Gesicht, das flüchtig darin aufscheint, ist schön, aber
blaß; große Augen, schönes Haar, aber ein Blick voller Wehmut. Vielleicht ist es eine Frau, die ich geliebt habe und der ich
nie begegnet bin. Es kommt vor, daß ich an eine Frau denke; ich
erfinde sie zum Teil; ich kleide sie an, ich parfümiere sie und
warte wie ein Jüngling auf ihr Kommen. Natürlich hat sie sich
mir niemals gezeigt. Selbst die Erinnerung an Lola ähnelt ihr
nicht. Ich habe Zeit, Geduld und Leidenschaft gebraucht, um
ihr Gesicht dank des venezianischen Spiegels endlich zu erblik-
ken.

Ich erinnere mich an ein spontanes und intelligentes junges
Mädchen, das als Haushaltshilfe zu uns gekommen war. Dieses
Mädchen hat mich verwirrt. Mit ihr war ich unbeholfen. Sie
hat es ausgenutzt und mich provoziert. Ich erinnere mich genau
an ihre vor Lust blühenden, roten kleinen Brüste, die sie ohne
etwas darüber unter ihrer Hemdbluse trug. Sie waren deutlich
sichtbar, wenn sie sich über mich beugte, um mir beim Essen
zu servieren, oder wenn sie den Fußboden putzte. Sie war ein
Luder. Meine Frau hätte ihretwegen fast den Verstand verloren. Was sie für sich hatte, waren ihre Jugend, ein ungeduldig
auf Zärtlichkeiten wartender Körper, ein hübsches Gesicht
und viel, ungeheuer viel Frechheit. Meine Frau hat sie wegge-
schickt. Sie hat uns weinend verlassen. Sie hat mich zwei- oder
dreimal im Laden angerufen. Ich war verstört, außer mir. Noch
heute kommt es vor, daß es mir um sie leid tut. Was für eine

Prüfung! Ich hatte Angst, mich nicht mehr beherrschen zu können. Der Irrsinn war brutal bei uns eingedrungen. Eines Tages ging sie zu Nachbarn und erzählte ihnen, der Alte mache es nicht mehr lange, sie werde ihn bald heiraten, die Alte verdrängen und ein neues Leben beginnen... Solche Geschichten sind in diesem Land gang und gäbe. Man hätte meinen können, in einer dieser endlosen ägyptischen Fernsehserien zu sein. Sie wollte nachmachen, was sie im Fernsehen sah. Das Fernsehen ist ihre Bildung, ihr Bezugsrahmen, die Quelle ihrer Träume. Oh, sie war in Ordnung, die Kleine, aber es war besser, daß sie ging. Das ist mir lieber. So sehe ich sie, wie ich will. Mit ihrem Bild, ihrer Gestalt, ihrem aufreizenden Lachen, ihrem Spleen, die Haare bald nach vorn, bald nach hinten zu werfen, mache ich, was ich möchte.

Meine Hände zittern. Das ist die Kälte. Wie alt sie geworden sind, meine Hände! Deutlicher als das Gesicht weisen sie auf das Alter hin. Ich sehe diese müden Hände, die wieder und wieder über die weichen, warmen Schenkel jenes Mädchens streicheln. Es ist mir nie gelungen, die kleinste Liebkosung von ihr zu bekommen. Ihre Augen, ihre Art versprachen mir so viel! ...Ich bin kein von der Schönheit und dem Bedürfnis nach Zärtlichkeit besessener verrückter Alter. Die Leute bilden sich ein, das Begehren erlösche mit dem Alter. Sie irren sich. Das Begehren ist nicht nur immer da, sondern es nimmt unaufhörlich zu; es kann weniger fordernd sein, aber es verbrennt mir die Haut und bedrängt meine Nächte. Ich lehne es ab, zu resignieren und mich besiegt, erledigt zu fühlen. Es kommt vor, daß ich meine Gesten nicht mehr kontrollieren kann; meine Hände haben den Hang, sich auf eine Frauenschulter zu legen, in der Hoffnung, einen Busen zu streifen. Die Leute können das nicht verstehen. Es ist überwältigend, trotzdem werde ich nicht anfangen zu beten, um das Feuer meiner Begierden zu vergessen. Was ist Schlimmes daran, wenn das Begehren mich noch umtreibt? Es ist das Leben, das weiter in mir wohnt. Das ist nun einmal so, und ich kann nichts dafür. Ist es meine Schuld, wenn dieses Mädchen selbst vor Verlangen glüht und sein fester junger Körper mich durch sein bloßes Dasein angriffslustig herausfordert? Wem soll ich mich anvertrauen? Wem kann ich das alles sagen? Ach, wäre Touizi doch da! Er hätte mich verstanden.»

Auf dem Tischchen liegt das Heft mit Adressen. Es ist ein blaues Schulheft, 22 mal 17 cm. Es ist «La Jeanne d'Arc». Tatsächlich ist eine Jeanne d'Arc zu Pferde mit stolz erhobenem Schwert darauf abgebildet. Die Figur steht auf einem Sockel. Links unten auf dem Heft kleingedruckt die Marke: Mapama. Auf der anderen Seite die vier Rechentabellen: Addition, Multiplikation, Subtraktion, Division. Zwischen Jeanne d'Arcs Kopf und ihr Schwert hat er geschrieben: *Die Telefonnummern der Familie, der Freunde und der Nachbarn.*

Er sieht das Heft an, blättert darin, legt es hin, dann nimmt er es wieder und schlägt es aufs Geratewohl auf:
Hadj Mohamed, Melilla 32.14 Geschäft, 32.51 privat. Abdelaziz, sein Sohn, Offizier, Tel. der Kaserne 31.01. Otman, sein jüngerer Sohn, arbeitslos, ohne Telefon.

Sie sind alle tot. Er hat seine Frau, seine Kinder beerdigt, dann ist er vor Verlassenheit und Traurigkeit selbst gestorben. Er war ein Aristokrat, der sein Vermögen mit Festlichkeiten, Reisen und Geschenken verschwendet hat. Am Ende seines Lebens stand er dann ohne alles da, konnte nicht einmal mehr den Arzt bezahlen. Er war ein wackerer Mann. Mehr noch und besser als ein Cousin, war er ein Freund. Er denkt an ihn und fühlt die Tränen aufsteigen. Er blättert weiter, um nicht zu weinen. Er stößt auf Doktor Murillo 342.51 Tanger. Der hat ihm vor etwa zwanzig Jahren das Leben gerettet, als er eine sehr

58

schwere Lungenentzündung hatte. Er hatte den Doktor sehr gern. Auch er ist ganz plötzlich gestorben. An jenem Tag hat er geweint. Er hatte wirklich Angst. Er vertraute nur Murillo. Er war ein Spanier, der sich aus Liebe zu der Stadt in Tanger niedergelassen hatte; er genoß einen guten Ruf. Sein Tod wurde von der Stadt als großer Verlust empfunden. Lange hat er sich geweigert, andere Ärzte aufzusuchen.

In der Hoffnung, auf jemanden zu stoßen, der noch am Leben und sympathisch ist, blättert er mehrere Seiten um. Dhaoui, der Hinkende. Er ist quicklebendig, aber ein Schwein. Er war ein Spitzel der spanischen, dann der französischen Polizei, und seit der Unabhängigkeit ist er *Mokadem*, eine Art Blockwart, der über jeden im Viertel alles weiß. Die Nummer hat er noch aus der Zeit im Heft stehen, als Strolche das Haus mit Steinen bewarfen. Dhaoui griff durch, ließ sich aber dafür bezahlen. Jahrelang kleidete er sich im Laden ein, ohne abzurechnen.

Auf manchen Seiten ist Gekritzel. Es ist unleserlich. Kinder müssen mit dem Heft gespielt haben. Gerade entziffert er auf einer dieser Seiten den Namen eines alten Freundes, Daoudi, eines Liebhabers andalusischer Musik. Nicht nur ist er noch am Leben, sondern er ist auch gesund. Hoffentlich ist er greifbar. Wenn er nicht in Tanger ist, muß er mit dem nationalen Orchester für andalusische Musik unterwegs sein. Er folgt dem Orchester überallhin. Man stellt das Telefon neben ihn, er wählt die Nummer und wartet. Eine Frauenstimme meldet sich. Er hat sich verwählt. Konzentriert wählt er noch einmal. Besetzt. Er lächelt. Das beruhigt ihn. Beim dritten Versuch hat er Daoudi am anderen Ende. Welche Freude! Welche Erlösung! Um ihn zum Kommen zu bewegen, erfindet er eine Lüge:

«Mein Sohn hat mir eine ungewöhnliche Aufnahme vom Orchester von Hadj Abdel Krim Raïs geschickt. Ich würde sie dir gern vorspielen. Es ist ein Konzert, das er in Frankreich vor mehreren Ministern und Botschaftern gegeben hat.»

Daoudi ist ein Mann, der von seinem Vermögen lebt. Er ist stilvoll, fröhlich und großzügig. Er kommt mit einem Kassettenrecorder und einem Köfferchen voller Kassetten.

«Wie geht's?»

«Es ginge mir viel besser, wenn ich rausgehen könnte; doch bei diesem Wind und diesem Regen kann man nichts machen. Aber es tut mir gut, dich zu sehen.»

«So ist die Zeit! Manchen schenkt sie alles, und manchen nimmt sie alles.»

«Was machst du so? Immer noch auf den Spuren der Musik?»

«Mehr und mehr. Im Moment ist Raïs krank. Sein Orchester arbeitet nicht viel.»

«Was hältst du von der Einführung des Klaviers, des Saxophons und der Gitarre in diese Musik?»

«Erinnere mich nicht daran. Das macht mich krank. Das ist Ketzerei. Stell dir das nur vor, was für ein Kuddelmuddel! Eine Tradition von fünfhundert Jahren wird durch diese Instrumente kaputtgemacht... Das Klavier geht ja noch, aber die anderen Instrumente, das ist ein Skandal. Nun, erzähl mir doch, wie es dir geht.»

«Gut. Ein bißchen einsam, aber es geht mir nicht schlecht. Ich huste, ich ringe nach Luft, ich langweile mich, aber es geht so...»

«Hast du das von Hadj Omar gehört?»

«Der Mann, der nicht weiß, wohin mit seinem Geld?»

«Ja, wenn du so willst, jedenfalls ist er der Bruder von Moulay Ahmed, dem Kahlköpfigen, der wegen seiner schneeweißen Haut ‹kleiner Käse› genannt wurde.»

«Was ist mit Hadj Omar? Ist er gestorben?»

«Nein. Er hat wieder geheiratet. Seine Frau ist voriges Jahr gestorben. Er hat mit aller Gewalt eine Frau verlangt. Seine

Kinder sind zusammengekommen und haben ihn vor die Wahl gestellt: Wiederheirat nur bei Enteignung seines ganzen Vermögens. Stell dir vor, er hat akzeptiert, nichts mehr zu besitzen, weder Haus noch Fabriken, noch Güter, um nicht mehr allein zu schlafen!»

«Er hat recht. Aber seine Kinder sind empörend. Sie hätten ihn heiraten lassen können, ohne ihn um seine Besitztümer zu bringen. Schließlich sind sie durch ihn reich.»

«Ja, aber die jungen Leute von heute sind erbarmungslos. An seinem Todestag wird die unglückliche Ehefrau keinen Centime erben.»

«Das ist doch illegal.»

«Natürlich, aber hier regelt man das unter sich. Er hat alle Dokumente unterschrieben, die ihm vorgelegt wurden. Jedenfalls wird er dieses Vermögen nicht mit ins Grab nehmen!»

«Hadj Omar hat sich also wieder verheiratet! Wie ist sie?»

«Jung! Ja, wirklich jung. Sie ist Lehrerin, Waise.»

«Glaubst du, daß er noch kann?...»

«Und du, kannst du noch?...»

«Ich, ja, das ist meine Tragödie. Ich kann noch und noch, aber mit wem? Ich rede hin und wieder davon, noch einmal zu heiraten, ein bißchen, um dem einen oder anderen auf den Zahn zu fühlen; es ist hoffnungslos. Wenn man unser Alter erreicht hat, glaubt man, wir seien fertig! Hadj Omar ist also glücklich.»

«Ja, er ist sogar verjüngt.»

«Na klar, nur das kann einen verjüngen!»

«Die Zeit ist nicht sehr schön. Es gibt immer weniger Respekt. Heutzutage haben die jungen Leute Schwierigkeiten, Arbeit zu finden, und außerdem sind sie nicht sehr ehrgeizig. Es wird nichts für sie getan. Hast du gesehen, in welchem Zustand die Krankenhäuser sind? Die Wohlhabenden lassen sich in Frankreich behandeln; manche gehen sogar bis nach Amerika. Aber reden wir nicht darüber. Es ist zu traurig. Und was macht deine Gesundheit?»

«Meine Gesundheit... nicht so besonders. Man ärgert mich zu oft, dann muß ich husten und kriege keine Luft. Ich bin nicht krank, ich bin verärgert. Ich freue mich, daß du da bist. Ich habe kaum gewagt, dich anzurufen. Und du, hast du noch einmal geheiratet... ich meine, hast du eine zweite Frau genommen?»

«Ja... die Musik. Das ist mein Lebensinhalt. Ich finde darin ungeahnte Befriedigung.»

«Wenn ich andalusische Musik höre, werde ich traurig... Das erinnert mich an all die Feste, die nicht wiederkommen. Ich verbinde mit dieser Musik immer das Feiern. Das macht mich wehmütig... und ich mag die Wehmut nicht. Geht es deinen Kindern gut?»

«Sie haben alle ihren Weg gemacht. Ich lebe mit ihrer Mutter allein in dem großen Haus. Ich habe eine Heizung einbauen lassen. Ich bin nicht so wie du. Du hast Angst vor Komfort!»

«Ich kann es mir nicht leisten... Ist dir klar, daß Hadj Omar Lehrling in meinem Stoffgeschäft in Fès war? Ich habe ihm das Metier beigebracht. Er ist nach Casa gegangen, und ich bin wie ein Idiot nach Tanger gekommen, um das Meer zu betrachten und mich vom Ostwind peitschen zu lassen. Ich habe das Falsche gewählt.»

Daoudi schiebt eine Kassette mit andalusischer Musik in den Recorder. Sie trinken Tee. Mit der rechten Hand schlägt er den Takt. Der andere ist eingenickt. Er schläft jetzt und denkt an die, welche nicht nur ein Vermögen gemacht, sondern noch einmal geheiratet haben.

Das blaue Heft liegt auf dem Tisch. Er braucht es nur irgendwo aufzuschlagen, um eine Erinnerung, einen Geist oder einen noch lebenden Menschen erstehen zu lassen.

Man hört das regelmäßige Tropfen des undichten Wasserhahns nicht mehr. Er ist nicht repariert worden. Das Wasser wurde abgestellt. Die Wände halten noch, trotz Feuchtigkeit und Kälte. Aus dem Putz der Zwischendecke sind Stücke herausgefallen. Dort klaffen jetzt Löcher. Und das Dach ist immer noch da.

Der amerikanische Kühlschrank funktioniert nicht mehr. Er ist alt. Es ist unmöglich, das Baujahr festzustellen. Es war ein Gelegenheitskauf, und er muß von mehreren Familien und mehreren Generationen benutzt worden sein. Der Motor macht ein eigenartiges Geräusch. Er kühlt nicht mehr. Genausogut kann man die Lebensmittel draußen lassen. Die Luft ist kühl genug. Wie viele Tonnen Nahrung hat dieses Gerät wohl verwahrt? Wie viele Liter Wasser hat es abgekühlt? Es ist nicht der erste Defekt, dieser wird wohl endgültig sein. Durch die halboffene Tür sieht er den Kühlschrank an; er hört ihn, dann setzt der Motor aus; er gibt es auf, Kälte zu produzieren und Eis herzustellen; er ist müde und paßt nicht mehr in diese Zeit, also geht er aus.

Das Leben im Haus wird durch diesen Ausfall durcheinandergeraten. Keiner wird das Gerät reparieren wollen. Dieser Kühlschrank ist bekannt. Alle Bastler, die ihn besucht haben, wissen, daß er ein seltenes, nutzloses Stück ist. Man muß sich ohne ihn behelfen, ihn ersetzen. Es kommt nicht in Frage, ihn wegzuwerfen. Er könnte noch als Büfett dienen, in dem man Geschirr oder Obst abstellt. Er muß sich vor allem entschließen, ihn zu ersetzen. Gewiß, es gibt den Markt für Gebrauchtwaren. Allerdings muß man hingehen oder sich abfinden und einen neuen kaufen. Die in Marokko gebauten Geräte haben keinen guten Ruf. Es heißt, sie würden irgendwie montiert und seien nicht haltbar. Manchen gelingt es noch, importierte Geräte zu kaufen. Er denkt auch, daß die Ausländer gewissenhafter sind, und außerdem ist das, was sie herstellen, von besserer Qualität. Das ist kein Vorurteil mehr, sondern eine ziemlich verbreitete Gewißheit. Er sagt, so sei es mit allem, und zitiert zahlreiche Fälle von Leuten, die sich lieber im Ausland behandeln lassen. Allerdings muß man die Mittel haben. Er wird nicht ins Ausland gehen, kritisiert aber jene, die es tun. Er gibt zu, daß der Zustand der Krankenhäuser in Marokko verheerend ist. Vor etwa fünfzehn Jahren war er selbst in die Notaufnahme eines Krankenhauses gekommen. Diesen Aufenthalt hat er in höchst unangenehmer Erinnerung. Dabei waren die Ärzte und Schwestern sehr aufmerksam zu ihm. Doch überall um sich herum sah er Korruption, Vernachlässigung und ungenügende Gewissenhaftigkeit. Er erinnert sich vor allem an die mangelhafte Hygiene.

Er wird sich nicht im Ausland behandeln lassen, weil er nicht krank ist, weil er Angst vorm Fliegen hat und schließlich weil er nicht das Geld hat, sich diesen Luxus zu leisten.

Zur Zeit ist er dem Amerikaner böse, der diesen Kühlschrank hergestellt hat. Wenn er selbst sich trotz einiger Schwächen hält, warum fangen die Gegenstände dann an, kaputtzugehen, zu verrecken, als hätten sie einen Geist? «So ist es: der Kühlschrank hat nur den Geist aufgegeben, um mich zu provozieren, um mir zusätzlichen Ärger zu bereiten. Alles kommt am selben Tag!» sagt er sich.

Er hält sich weder für einen defekten Kühlschrank noch für einen tropfenden Wasserhahn, noch für ein alt werdendes Haus. Und doch gibt es zwischen ihm und den Gegenständen eine gefühlsmäßige Beziehung. Er erträgt die Abnutzung nicht, weder die der Gegenstände noch die der Menschen. Es ärgert ihn, wenn die Batterien des Transistors den Geist aufgeben. Es dauert lange, bis er sie erneuert. So wie er nicht akzeptiert, daß sein Sehvermögen nachläßt, sein Gehör sich verschlechtert, seine Freunde verschwinden, so versteht er nicht oder weigert sich zu akzeptieren, daß Gegenstände sich abnutzen und unbrauchbar werden. Einzig der prachtvolle venezianische Spiegel bringt ihn, wenn er auch etwas von seinem Glanz einbüßt, in seinen Gewißheiten und Obsessionen nicht durcheinander. Er schaut sich gern darin an. Er hängt da, im Flur, und wirft ausgewählte Bilder des Lebens zurück. Er liebt es, daran zu erinnern, wie er sich gleich auf den ersten Blick in diesen Gegenstand verliebt hat, der auf einem Bürgersteig zum Verkauf stand. Er hat sich eine gute Weile darin angeschaut und muß alle im Laufe der Jahrzehnte gespeicherten Bilder darin gesehen haben. Es machte ihm Spaß, sein Bild in einem Spiegel zu erblicken, der gelebt hat und voller Erinnerungen, toller Geschichten, intimer Begebenheiten sein mußte. Er hatte bestimmt einer angesehenen Familie gehört, wahrscheinlich Ausländern, die hier lebten, als Tanger eine internationale Stadt war. Wie die meisten Europäer haben sie das Land verlassen und konnten den Spiegel nicht mitnehmen. Sie haben eine Spur, einen Schatz, ein unter Glas schlummerndes Gedächtnis zurückgelassen. Man braucht nur vor dem Spiegel stehen zu können, um ihn zu befragen und zu erreichen, daß er einige seiner Geheimnisse preisgibt. Ein Spiegel von dieser Größe und von diesem Gewicht reist nicht. Das ist zu riskant, ebenso wie es unvorsichtig ist, ihn auf einem Bürgersteig zum Verkauf auszustellen, ohne zu wissen, wer ihn übernehmen und benutzen wird.

Nun ist der Spiegel hier, in diesem Haus, in dem alles in Stillschweigen versunken ist. Er steht auf und geht zu dem Spiegel. Wird er ihn seinerseits mit Beschlag belegen, indem er ihm seine Ermattung und Einsamkeit anvertraut? Oder wird er ihn als Zeugen, als Freund und Komplizen bewahren, in diesen schwierigen Augenblicken, in denen er spürt, daß alle Welt sich gegen ihn verbündet?

Er sieht den Spiegel an und bewundert ihn, ohne etwas darin zu sehen. Er betrachtet ihn wie eine Skulptur, einen vollkommen zweckfreien und nutzlosen Kunstgegenstand.

«Ach, wenn dieser Spiegel einige unerbittliche Feinde verschwinden lassen könnte! Es wäre so einfach. Es würde genügen, sich eine Minute darin zu spiegeln, und im Nu würde man, ohne zu leiden, darin aufgehen. Dann würde er wirklich kostbar. Ich sehe die Menge sich schon in der Sackgasse drängen, jeder würde den zu liquidierenden Feind herbeizerren. Damit könnte man ein Vermögen machen. Spurloses Verschwinden garantiert! Ach, könnte ich doch dem Spiegel einen Mann, einen einzigen, gegenüberstellen, den, den ich voller Zorn und Wut hasse, den ich seit dreißig Jahren nicht ablasse zu verfluchen, aber vergebens! Diesen Mann nenne ich den Undankbaren, den Verräter, den Inbegriff der Heuchelei, den jammernden Emporkömmling, den angebrannten Kochtopf, den Geizigen (nur zu den anderen), den Oberegoisten, den Verleugner des gegebenen Wortes, die Seuche... Ach, könnte ich doch meinen Rachedurst stillen, könnte ich noch einmal zurück und die Geschichte korrigieren, eine Geste des Vertrauens und der Großzügigkeit tilgen, die ich ihm gegenüber gezeigt habe, und ihn ohne alles belassen, wie er aufgetaucht war. Oh, der von seiner Frau manipulierte Lügner, den ich Krater und Gesicht des Mondes nenne; er ist der Blick der Stille und der Komplizenschaft auf Bosheit und Verrat!

Meine Geschichte ist einfach: da war einer, den ich wie einen Sohn bei mir aufgenommen habe; meine Kinder waren noch klein; er kam mit leeren Händen, aber die Augen voller Intelligenz und Ehrgeiz. Ich sagte zu mir: ‹Das ist genau der Mann, den ich brauche, das ist ein Sohn, den ich gerne gehabt hätte.› Zumal in jenen schwierigen Zeiten, als in Fès nichts mehr ging. Die Kaufleute gaben diese Stadt auf und gingen nach Casablanca, um reich zu werden. Ich hatte nicht den Mut, es wie sie zu machen. Als dieser junge Mann eintraf, kam mir die Idee, zu meinem Bruder nach Tanger zu gehen. Er lebte von seinem Handel mehr als gut. Die Gewinne investierte er in andere Läden, so daß jeder seiner Söhne ein Geschäft hatte. Die Geschäfte blühten. Nachdem ich in Fès alles aufgelöst hatte, begab ich mich in diese Stadt. Ich wurde nicht so empfangen, wie ich gehofft hatte. Wie soll ich die Verlegenheit eines Bruders vergessen, der mir zu verstehen gab, ich sei nicht willkommen, er könne mir nicht helfen, seine Söhne hätten alles in der Hand? Das ist die zweite Verletzung, die erste ist, daß ich meine Stadt verlassen mußte. Ich richtete mich recht und schlecht ein; ich bat die Neffen, mir ihre Lieferanten zu nennen, mir ein paar Tips zu geben, um den Laden in Gang zu bringen. Nichts! Der Egoismus ersetzte bei ihnen die Moral. Ich habe gelitten; und ich habe mich durchgeschlagen. Nachbarn, jüdische Kaufleute, die ich überhaupt nicht kannte, halfen mir. Ich habe Güte und Großzügigkeit bei den Juden, nicht bei meiner Familie gefunden. Ich habe immer ausgezeichnete Beziehungen zu den Juden gehabt, in Melilla, in Nador wie auch in Fès. Wir sind verschieden; wir gehören nicht der gleichen Religion an, aber wir helfen uns gegenseitig. Mit meinen Neffen war das ausgeschlossen. Daher rühren mein Groll, meine Enttäuschung, mein Zorn. Ich ließ den kommen, den ich als meinen Sohn betrachtete, ich holte ihn aus der Medina von Fès heraus, in der kein Geschäft mehr lief. Ich brachte ihn bei uns im Haus unter. Es muß gesagt werden, daß seine Mutter meine Frau ist. Er hatte blutjung seinen Vater verloren. Ich tat Gutes, ohne an die Zukunft zu denken. Dann stellte ich ihn meinem Bruder, meinen Neffen und Nichten vor. Ich arrangierte seine Heirat mit der Nichte, die noch frei war. Ich verhielt mich wie ein Vater. Ich gab meine Ersparnisse aus, damit er froh und glücklich ist, damit er zu mir zurückkommt, damit er seine Dankbarkeit ausdrückt; nicht indem er ‹Vielen Dank, Monsieur!› zu mir sagt, sondern indem er mein Teilhaber wird und aus diesem Laden einen der schönsten, einen der erfolgreichsten macht. Ich war schon in dem Alter, in dem man müde wird. Ich hatte all meine Hoffnungen in seine Hände gelegt. Ich wollte Beistand, Hilfe und endlich Erfolg haben, denn alles, was ich im Norden oder in Fès aufgebaut hatte, trieb dem Untergang entgegen. Der Verräter verließ mich und zog es vor, seine Intelligenz und Energie bei meinen Neffen, den Konkurrenten und Gegnern, zu verschwenden. Seitdem ist mein Leben verdorben. Ich übertreibe nicht. Es ist verdorben, weil es vom Haß verzehrt wird. Ja, ich gestehe, meine Verletzung hat eine tiefe Furche gegraben, in der ein Strom von Haß fließt. Dreißig Jahre sind vergangen, und es gelingt mir nicht, zu verzeihen, mich in diesen Verrat zu schicken. Ich verlange Gerechtigkeit. Oh, nichts Großartiges! Ich verlange das Unmögliche, die Rückkehr in die Vergangenheit und das Begleichen der materiellen wie der moralischen Schuld. Ich bin der einzige, der weiterhin wie ein Idiot Wiedergutmachung verlangt. Seine Mutter verteidigt ihn. Sie verteidigt lieber ihren Sohn als ihren Mann. Das ist normal. Aber warum soll ich diese Frau lieben, die mich verrät? Warum sollte ich großmütig und geduldig mit denen sein, die mir Böses zugefügt haben? Es kommt häufig vor, daß ich ganz allein in diesem Haus bin, wenn meine Frau zu ihrer Tochter nach Fès oder zu unserem Sohn nach Casablanca gefahren ist. Ich bleibe allein. Ich esse allein, dasselbe Essen, das ich immer wieder aufwärme, solange sie weg ist. Der Verräter hat nicht die kleinste Geste gemacht. Er läßt mich mutterseelenallein in dieser kalten Einsamkeit. Was soll ich tun? Ein Skandal! Einer mehr. Es ist vorgekommen, daß ich in seinen Laden gegangen bin und ihm alles gesagt habe, was ich von ihm, von seiner Frau und seinen Nachkommen halte. Aber ich gestehe, an dem Tag, als seine älteste Tochter starb, habe ich geweint, echte Tränen geweint. Nein, die Arme verdiente nicht, mit achtzehn Jahren zu sterben. Ich habe geweint. Ich hatte Mitleid. Ich habe mich meiner Gefühle geschämt. Doch im Grunde würde eine Kleinigkeit ausreichen, eine Geste, ein Wort, eine Umarmung, und ich würde alles auf dem Schuldschein löschen, den ich tief in mir habe und auf dem alles geschrieben steht wie am Tag des Jüngsten Gerichts. Aber der Stolz ist ein schlechter Ratgeber. Es hat Versöhnungsversuche gegeben, doch das war nur Schein. Die Herzen blieben verschlossen, gepanzert. Und was darinnen ist, blieb unberührt, unwandelbar. Wenn man verraten und gedemütigt wurde wie ich, bleibt es für immer so. Ich bin nicht krank. Meine Bronchien sind nur ein wenig verschleimt. Aber ich bin tief verletzt worden. Wenige Menschen in meiner Umgebung verstehen mich. Alle sagen mir, das gehöre der Vergangenheit an, man müsse vergessen, das Leben gehe weiter und verändere sich... Woher soll ich die Vergebung nehmen? Ich finde keinen Ort, wo ich eine hinreichend große Dosis Vergebung und Vergessen auftreiben könnte. Ach, gäbe es doch ein Dorf, wo der Morgenwind die Aufgabe hat, Vergessen auszubreiten, Vergebung möglich zu machen und zu erleichtern! Ich werde nicht verzeihen, und überdies stelle ich fest, daß meine Abneigung sich auf alles erstreckt, was diesen Mann betrifft. Ich mag weder seine Frau noch seine Kinder, noch seine Freunde. Ich weiß, daß ich unrecht habe. Aber ich kann nicht anders. Ich kann nicht heucheln. Ich habe den Eindruck, ich würde viel von meiner Energie verlieren, wenn ich mich mit ihm versöhnte. Ich habe mich in eine vertrackte Situation gebracht: ich brauche ihn, seine Existenz, seine Irrtümer, seinen Verrat. Ich danke ihm dafür, daß er mir die letzten dreißig Jahre verdorben und mich gequält hat. Auf jeden Fall hat er sie ausgefüllt. Vielleicht empfand ich deshalb Mitleid, als seine älteste Tochter verunglückte. Ich habe geweint, weil unsere Feindschaft Teil unserer Gefühle ist. Ich bin kein Ungeheuer. Ich bin unfähig, Böses zu tun. Ich wiederhole es für all jene, die mich verdächtigen, böse zu sein. Ich bin unbefriedigt. Lange und mit unermeßlicher Hoffnung habe ich auf etwas gewartet, was nicht eingetreten ist. Deshalb nörgle und schimpfe ich, rege mich auf und lasse meiner Streitsucht freien Lauf, die sich mit Worten wappnet, aber einzig mit Worten, von denen keines Wirkung zeigt; sie sind alle hohl, ohne Tiefe, ohne Bestand. Ihr einziger Nutzen ist, daß sie mich erleichtern, mir in dem Moment, in dem ich sie ausspreche, Gerechtigkeit widerfahren lassen; doch weil sie nicht magisch sind, muß ich mich wiederholen. Und das geht so seit dreißig Jahren.

Ich Armer! Darauf beschränkt, endlos dieselben Wörter, dieselbe Wut zu wiederholen. Darauf beschränkt, unaufhörlich, in lästiger Weise auf das zurückzukommen, was ich an dem Tag gesagt habe, als ich von dem Verrat erfuhr. Daß ich wiederkäue und fasele, liegt nicht daran, daß ich alt werde. Nein, mein Problem ist, wie jemand gesagt hat, daß ‹ich zu jung für einen zu alten Körper bin›. Das tut nichts zur Sache. Es liegt daran, daß niemand mir Gerechtigkeit widerfahren ließ. Ich bin enttäuscht, betrogen worden, und um nichts in der Welt werde ich diese Passion aufgeben. Ich trete auf der Stelle. Nichts bewegt sich, aber alles wird schlechter. Meine Füße sind müde. Ich habe Hühneraugen auf der Fußsohle, zwischen den Zehen und an den Fersen. Sie sind hart und tun mir beim Laufen weh. Ich schleppe sie seit langem mit mir herum. Sie stammen aus der Zeit des Verrats. Ich bin mager geworden. Ich habe die Fülligkeit verloren. Meine Knochen sind sichtbar. Mein Rücken ist leicht gebeugt. Das ist das Gewicht der Dummheit der Menschen. Meine Hände sind groß und stark. Sie haben sich nicht verändert. Ich glaube, ich habe schöne Hände. Man hat es mir nie gesagt. Dabei stimmt es; einzig meine Hände sind jung und schön geblieben. In diesem Land beachten die Leute die Hände nicht. Eine Frau, die keine schönen Hände hat, ist, selbst wenn ihr Gesicht hübsch ist, eine Frau, der etwas fehlt. Im allgemeinen spricht man von den Beinen der Frauen. Aber bei uns verbirgt die Djellaba (oder verbarg, denn heutzutage tragen sie Röcke oder Jeans) die wesentlichen Teile des Körpers.

Ich mag keine kleinen Frauen. Meine Frau ist klein. Ich ziehe sie oft damit auf. Das nimmt sie übel. Und mich amüsiert es. Aber niemand amüsiert sich, wenn ich ihren Sohn, den Verräter, mit allen möglichen Ausdrücken beschimpfe. Alle unsere Streitereien drehen sich um diese Geschichte. Sie verteidigt ihren Sohn, und ich verstehe nicht, wie man einen Verräter, einen, der mein Vertrauen und meine Großmut mißbraucht hat, verteidigen kann. Ich muß aufhören. Ich spüre die Wut in mir aufsteigen. Merkwürdig ist, daß diese Wut immer lebendig, immer neu ist. Ich werde ihrer nicht müde. Es kommt vor, daß ich, wie an diesem Tag, meiner selbst müde werde, aber nicht dieser Wut, die mich jedesmal durchdringt, wenn ich an ihn denke. Ich weiß alles über ihn; ich kenne alles; nichts entgeht mir. Ich kann, ohne mich groß zu vertun, sein Vermögen, seine Pläne, seine Ziele einschätzen. Ich kann sogar erfahren, was er ißt, mit wem er verkehrt, mit wem er sich versteht, wer seine Feinde sind. Manchmal habe ich den Eindruck, er interessiert mich mehr als meine eigenen Söhne. Deshalb nehme ich es ihm ja so übel, daß ich ihn nicht liebe! Unsere Feindschaft ist allen bekannt. Wenige Leute geben mir recht. Das ist normal. Meine Partei ist ein einsitziges Fahrzeug. Die, die ihn in meinem Beisein schlechtmachen, sind Heuchler, die sich einschmeicheln wollen. Ich mag es nicht, wenn man schlecht von ihm redet. Denn niemand ist befugt, ihn schlecht zu machen. Er ist die Freundlichkeit selbst, immer lächelnd, immer hilfsbereit. Ich sehe ihn zusammen mit den anderen. Er ist ein überaus feiner, gebildeter, umgänglicher Mann. Wegen dieser Qualitäten, wegen seiner Intelligenz und Aufgewecktheit wollte ich ihn als Teilhaber und außerdem als meinen Sohn haben. Er hat es vorgezogen, sich zu den Skorpionen und Giftnattern zu gesellen. Ich weiß, daß er gelitten hat. Aber das genügt nicht, um meine Wut zu beschwichtigen. Oh, es scheint, daß dieser ganze Groll mir leben hilft. Er soll kommen, mir seine Dankbarkeit bezeigen und sich entschuldigen; er soll, die Hände hinter dem Rücken und mit gesenktem Kopf, kommen, er soll mir die Hände küssen und mich um Vergebung bitten! Dann wird man ja sehen. Ich weiß, daß ich weinen werde, ich werde die Tränen nicht zurückhalten können. Eines Tages, während eines Taufessens bei einem meiner Neffen, hat irgendein Schnösel mir wegen eines nicht richtig geschlossenen Fensters den Respekt versagt. Ich wollte es öffnen, um besser atmen zu können. Der Schnösel schloß es einfach. Ich machte es unter Berufung auf meine Autorität als Ältester wieder auf. Der junge Mann stieß mich beiseite und schlug das Fenster heftig zu. Ich tat mir selbst leid. Mit Tränen in den Augen stand ich auf und verließ das Haus. Der Verräter holte mich auf der Straße ein und brachte mich zurück zu dem Fest. Der junge Mann entschuldigte sich widerwillig. Aber ich wußte die Geste des Verräters zu schätzen. Ich habe anerkannt, daß er sich wie ein Sohn verhielt.»

Es ist Zeit, den Fernsehapparat anzustellen. Er ruft die Aufwartefrau und deutet mit seinem Stock auf den Apparat. Jemand singt klagend. Sein Gesicht ist zwischen zwei Sandhügel eingeklemmt. Im Hintergrund erkennt man eine kümmerliche Palme. Das sieht nach Künstlichkeit und Langeweile aus. Die Seiten eines Büchleins ziehen vorbei. Der Sänger hat ein verquollenes Gesicht. Sein Blick ist starr. Er wartet, daß die Frau weggeht, um einen Kommentar zu machen: «Ihr Arsch hängt immer noch so tief, und der da verhunzt immer noch genüßlich die Sprache Šauqis!» Er hält das Leben für schlecht eingerichtet. Aber was für einen Zusammenhang gibt es zwischen dem erschöpften Körper seiner seit Jahren für ihn arbeitenden armen Frau und der Stimme eines Blinden, der in der Wüste seinen Kummer und sein Elend herunterleiert? Er erfindet einen Zusammenhang. Er denkt, wäre es ein hinreißend schönes, saftiges junges Mädchen, das auf den Knopf des Fernsehapparates drückt, so würde man nicht den Blinden hören, sondern eine leichte, sanfte Melodie.

Er respektiert die Religion. Aber er hat Angst vor der Versuchung. Er denkt oft an die Hölle, er sieht sie, er riecht sie, er glaubt an ihr Vorhandensein. Er weiß, daß sie ein Land aus Feuer und Blut ist. Ihm wird klar, daß er soeben etwas Anmaßendes gedacht hat. Das ist eine Sünde. Keine sehr schlimme, aber er will keine mehr begehen. Er steht auf, nimmt den kleinen schwarzen Stein, um seine Waschungen vorzunehmen, setzt sich auf den Teppich und beginnt zu beten; er erbittet Gottes Vergebung; er wirft sich nieder und ruft den Propheten Mohammed an. Er bereut, daß er soviel Verwirrung in seinem Geist herrschen läßt. Warum äußern sich so widersprüchliche Gedanken, die sich normalerweise gegenseitig ausschließen, bei ihm gleichzeitig? Ist das ein Zeichen von Müdigkeit, von Alter oder von Senilität? Mit der Hand vertreibt er diese ungebührlichen Gedanken, dann lächelt er, weil er weiß, diese Geste wird sie nicht verjagen. Seit langem sieht er überall junge Mädchen vor sich defilieren, und jedes zieht dabei ein Kleidungsstück aus. Er mag dieses kleine Schauspiel sehr, das er sich selbst an solchen Nachmittagen großer Traurigkeit ausdenkt. «Was ist schlimm daran?» fragt er sich. «Ich stelle es mir doch nur vor. Niemand, absolut niemand kann mich daran hindern, mir vorzustellen, wozu ich Lust habe. Meine Obsession ist weder der Alkohol noch das Kartenspiel; meine Leidenschaft sind die Frauen. Übrigens bin ich beklagenswert brav. Ich bin brav und kann nicht anders. Ich weiß, meine Hand stiehlt sich einige heimliche Liebkosungen von anonymen Körpern. Das ist beschämend. Aber noch beschämender ist es, einen alten Herrn wie mich ohne Frauenfreundschaft leben zu lassen. Ach, hätte ich doch eine Freundin! Sie würde mir Gesellschaft leisten. Ich würde ihr lustige Geschichten erzählen.

Ich würde sie zum Lachen bringen. Sie würde zulassen, daß ich ihre Hand halte. Was ist schlecht daran? Leider kann ich keine Freundin haben. Also lebe ich in meinen Bildern; und mitunter entsteht etwas wie ein Zusammenprall zwischen dem Erlaubten und dem Verbotenen. Möge Gott mir vergeben. Jedenfalls hat nur er die Aufsicht darüber, was in diesem Kopf vorgeht.»

Das Telefon klingelt. Er zuckt zusammen. Es ist ihm nie gelungen, sich an dieses Klingeln zu gewöhnen oder seine Lautstärke zu regulieren. Es ist eine falsche Verbindung. Eine Frauenstimme fragt nach Moulay Ahmed. Er antwortet, er spreche in diesem Haus niemanden mit Moulay an, vor allem nicht Ahmed, den Parkwächter, der hin und wieder zum Essen kommt. Die Anrede Moulay ist ein Kennzeichen von Überlegenheit, Vornehmheit und Adel. Er hat Hierarchien nie geduldet. Er mag das Telefon nicht, vor allem seit er nicht mehr besonders gut hört. Er läßt sich den Satz mehrmals wiederholen, versteht nicht und wirft den Hörer auf den Boden. Dieser Gegenstand ist da, um zu unterstreichen und ihn daran zu erinnern, daß er allmählich das Gehör verliert; wie der Fernseher ihm bedeutet, daß er zunehmend sein Sehvermögen einbüßt.

Ahmed kommt nicht mehr, um einen Happen bei ihnen zu essen. Er verdächtigt ihn, seine Frau verführen zu wollen. Ahmed ist jung, kaum dreißig, ziemlich schön, hat helle Augen und lockige Haare. Er weiß, seiner Frau gefallen lockige Haare, denn sie sagt, es tue ihr leid, daß ihre Söhne glattes Haar haben. Er hat ihm verboten, unangemeldet zu kommen. Das gab ihm Gelegenheit, seiner Frau eine Eifersuchtsszene zu machen. Sie war entrüstet und gleichzeitig ein wenig geschmeichelt, daß sie noch Eifersucht hervorrufen konnte. Dabei haftete ihrem Verhalten nichts Zweideutiges an. Sie gab Ahmed in der Küche etwas zu essen und erkundigte sich nach seiner Frau und seinen beiden Kindern, die bei den Großeltern auf dem Land geblieben waren. Das genügte ihm, um die große Szene hinzulegen, die von einem beginnenden Erstickungsanfall unterbrochen wurde. Seine Frau findet nicht heraus, ob er wirklich eifersüchtig ist oder es nur zum Vorwand nimmt, um sie zu provozieren. Sie erinnert sich, daß er zu Beginn ihrer Ehe die Haustür immer zweimal hinter sich abschloß. Nur einmal in der Woche durfte sie aus dem Haus, um in den Hammam zu gehen. Er selbst begleitete sie und holte sie abends wieder ab. Manchmal vergaß er, vorbeizugehen und sie zu holen, dann kehrte er fluchend zum Hammam zurück. Die Eifersucht gehörte zur Tradition. Das war normal. Aber was bedeutet es, in diesem Alter eifersüchtig zu sein? Er ist über achtzig; sie etwas über siebzig. Dann ist es also keine Frage des Alters. Für sie ist es eine Form von Verrücktheit. Für ihn ist es eine Frage der Gewohnheit und der Beständigkeit.

Er erinnert sich nicht an das letzte Mal, als sie wie Mann und Frau zusammen geschlafen haben. Er will sich nicht daran erinnern. Seit mindestens zwölf Jahren schlafen sie im selben Zimmer, jeder in seiner Ecke. Es gibt genügend unbenutzte Zimmer im Haus, aber ihnen liegt daran, zusammenzubleiben. Sie geben jeder für sich zu, daß der Grund, weshalb sie sich nicht trennen, Angst ist. Angst vor allem und irgend etwas, Angst, allein zu sterben. Angst, von Dieben überfallen zu werden. Angst, von irgendeinem Gespenst heimgesucht zu werden. Auch Angst, dabeizusein, wenn der andere im Schlaf stirbt. Doch sie gestehen diese Angst nicht ein, sie gehen darüber hinweg. Sie wollen nicht daran denken. Jedenfalls sprechen sie nicht darüber. Trotz der chronischen Feindseligkeit, die in ihrer Ehe herrscht. Weder der eine noch der andere freut sich über die nachlassende Gesundheit seines Gegners. Wenn man sie von weitem beobachtet, spürt man mehr Überdruß als Zärtlichkeit zwischen ihnen. Er zeigt seine Zärtlichkeit nie. Das überläßt er den Schwachen, ausgenommen, es geht um seine

Kinder. Er sagt nicht «ich liebe euch», sondern «warum liebt ihr mich nicht?» Jedesmal, wenn eines seiner Kinder nach einem Besuch wieder abreist, weint er vor Rührung. Er versucht es zu verbergen, doch das gelingt ihm nicht.

Daoudi hat eine Kassette mit andalusischer Musik im Recorder zurückgelassen und ist gegangen. Er wacht auf. Es ist dunkel. Um Licht zu machen, muß er aufstehen. Die Frau schläft ihm gegenüber auf einer Matratze im Wohnzimmer. Er ruft sie. Nicht bei ihrem Namen, sondern bei einem ihrer zehn Spitznamen. Sie antwortet nicht. Vielleicht schläft sie wirklich. Vielleicht ist sie im Schlaf gestorben. Dieser Gedanke erschreckt ihn. Er steht mühsam auf und horcht auf ihren Atem. Er ist erleichtert. Sie schläft nur. Ein paar unangenehme Worte werden ausgesprochen. Sie hat ihm angst gemacht. Das ist nicht gut. Er meint, sie habe nicht das Recht, ihn so aufzuregen. Bei ihm ist die Zärtlichkeit rauh; sie ist verborgen und tut ihm weh. Er macht die Lampe an. Gern würde er einen heißen Tee trinken, will aber nicht danach verlangen. Er weiß, daß er bei der Bitte um einen Tee einen aggressiven Ton anschlagen würde. Er nimmt es ihr übel, daß sie genau in diesem Augenblick schläft, wo er sie bräuchte, damit sie ihm einen Tee kocht. Er könnte sie sanft wecken, aber er will nicht. Es ist stärker als er. Er ist nie nett zu ihr gewesen, und er wird es jetzt nicht plötzlich werden. Sie würde es nicht verstehen. Für ihn wäre es ein Fehler, ein Fauxpas.

Die späten Nachmittage ähneln im Winter langen, unsicheren, holprigen Wegen. Man verirrt sich oft und hat seltsame, beunruhigende Begegnungen. Hände kommen aus dem Nebel oder aus den Bäumen und ziehen einen an dunkle Orte. Büsche bewegen sich von der Stelle und nehmen alles mit, was sie finden.

Die späten Nachmittage sind endlos. Vielleicht schläft er

deshalb ein und überzeugt sich davon, daß er in tiefen Schlaf sinkt. Er hält keine Siesta; er versteckt sich, um nicht einen jener Wege einzuschlagen, die nirgendwohin führen. Es ist der Schlaf der Angst. Das Herz schlägt ziemlich laut, um das Bewußtsein daran zu hindern, sich zu entfernen. Es ist ein schlechter, unruhiger, furchterregender Schlaf. Beklemmend, wenn man alle Regungen des Körpers hören muß; man fängt an, seinen Atem zu kontrollieren, man zählt die Pulsschläge und stellt sich seinen Körper wie eine alte Maschine vor, die jeden Moment den Dienst versagen kann.

Jemand klopft an die Tür. Er hebt mit halbgeschlossenen Augen den Kopf. Die Aufwartefrau geht und öffnet die Haupttür. Es ist Krimo, der Taxifahrer, der hin und wieder vorbeikommt und seine Dienste anbietet. Krimo, ein Mann aus dem Rif, wirkt nervös. Vom Regen durchnäßt tritt er ins Zimmer. Er zieht die Schuhe aus und bückt sich zur Begrüßung:

«Ich dachte, Sie könnten bei diesem Wetter mein Auto gebrauchen.»

«Was hat das mit dem Wetter zu tun? Ich habe dir schon einmal gesagt, daß du nicht mehr kommen sollst. Ich kann mich noch zu Fuß fortbewegen, zweimal am Tag zu meinem Laden und wieder zurückgehen. Es sei denn, du bist gekommen, damit wir uns auf rifi unterhalten... Ich habe diese Sprache zur gleichen Zeit wie das Spanische gelernt. Es ist eine schöne Sprache, etwas hart, wie das Land..., aber sie ist direkt, fast brutal.»

«Wissen Sie, Monsieur, Ihr Sohn bezahlt mich für diese Arbeit. Ich komme vorbei, und Sie, Sie machen, was Sie wollen. Was das Rifi angeht: ich habe seit zwanzig Jahren keinen Fuß mehr ins Rif gesetzt.»

«Versuch mich zu verstehen. Mein Sohn glaubt wie du, daß ich ein Alter erreicht habe, wo man mich in ein kleines Auto stecken muß.»

«Was ich Ihnen anbiete, ist kein kleines Auto, sondern ein

Mercedes 200 Diesel, den ich aus Deutschland importiert habe, um Ihnen zu Diensten zu sein.»

«Aha, das ändert alles! Setz dich und trink eine Tasse Kaffee…, der Kaffee ist aus Brasilien importiert und in Spanien geröstet, um deine Laune wieder auf Trab zu bringen!»

«Nein, danke. Ich mag keinen Kaffee und habe nicht viel Zeit. Wenn das Wetter schlecht ist, habe ich gut zu tun.»

«Ja, wenn ich recht verstanden habe, arbeitest du jetzt, es ist, als würdest du mich zu meinem Geschäft fahren. Gerade Zeit genug für einen Kaffee und eine Zigarette. Wir sind eben abgefahren, also mach es dir gemütlich und erzähl mir eine komische Geschichte, denn wenn du bei dem Gesicht, das du hast, deine Fahrgäste nicht zum Lachen bringst, bist du erledigt; dein Taxi wird nicht mehr fahren, oder es wird eine derart schlechte Laune verströmen, daß es am Ende Unglück bringt!»

Krimo setzt sich, nimmt sich eine Tasse Kaffee und lacht:

«Wir sind jetzt in der Rue du Mexique, die Ampel ist gerade rot geworden. Ich habe zehn Minuten, bis ich in der Calle Tétouan ankomme. Dies ist die Geschichte von einem geizigen Mann…»

«Ah, die Geizigen! Sie sind die Brut des Dämons; ich kenne sie; sie sind Feinde. Zwischen ihnen und mir gibt es mehr als einen Krieg. Wir ertragen uns nicht. Übrigens erkenne ich sie immer: Wenn sie einem die Hand geben, ziehen sie sie sofort wieder zurück, aus Angst, etwas zu verlieren.»

«Also, da ist ein Geiziger, der gerade seine Mutter verloren hat. Er spricht mit seinen Freunden darüber, erzählt weinend von seiner Traurigkeit und seinem Kummer: ‹Ich Armer! Sie ist ganz plötzlich gestorben…›

‹Was hat sie gehabt?› fragt ihn einer seiner Freunde. – ‹Oh, gerade eben eine Halskette und ein Armband aus Gold!›…»

«Ich finde die Geschichte nicht komisch; sie ist schrecklich. Dieses Individuum kennt den Wert des elterlichen Segens nicht. Weißt du, wenn deine Eltern dich verfluchen, bist du nicht nur vom Unglück verfolgt, sondern Gott bestraft dich hier und da oben. Ich bin immer gesegnet worden und habe meinen Kindern immer meinen Segen gegeben, auch wenn sie einmal pflichtvergessen waren. Ich bin so, weil ich, als ich jung war, gesehen habe, wie sehr meine Mutter wegen meines ältesten Bruders gelitten hat, der Fès am Tag nach seiner Hochzeit verließ und mit seiner Frau nach Melilla ging, um reich zu werden. Er ist fortgegangen und hat elf Jahre lang nichts mehr von sich hören lassen! Elf Jahre der Abwesenheit und der Angst. Wir kannten seine Adresse nicht. Wir wußten nicht, ob er sich in Nador oder in Melilla niedergelassen hatte. Damals waren die Verbindungen zwischen dem von Frankreich und dem von Spanien besetzten Marokko schwierig. Meine Mutter hat über diesem endlos langen Warten ihre ganze Jugend eingebüßt. Es war kein Warten, sondern eine Krankheit. Sie schickte meinen Bruder und mich ans Ende der Stadt in einen verwilderten Garten, einen verwahrlosten Ort, wo die Bewohner von Fès sich ungern hinwagten. Man nannte ihn ‹Garten der Hexen›. Dort ist eine Quelle, genauer gesagt ein Brunnen, nicht sehr tief. Ich glaube, er heißt Aïn Ben Diab. Die Legende besagt, daß es der Brunnen der Abwesenden, das Loch der Vermißten ist. Man braucht nur bei Einbruch der Nacht, wenn Zwielicht herrscht, hinzugehen und den Namen dessen zu rufen, auf den man wartet. Man ruft lange, dann horcht man. Gibt der Brunnen kein Echo mehr von sich, hat die gerufene Person die Stimme gehört. So ist das! Ich habe nicht so recht daran geglaubt, aber da meine Mutter anfing, Halluzinationen zu bekommen, bis sie den Verstand verlor – sie sah überall ihren Sohn –, gehorchten wir ihr. Ich weiß nicht, ob unsere Rufe gehört wurden, aber einen Monat später kehrte mein Bruder eines Tages zurück. Es war noch im Morgengrauen. Als meine Mutter ihn sah, glaubte sie zu träumen, sie lächelte, dann wurde sie ohnmächtig. Sie sprach nicht mit ihm. Kurz darauf starb sie vor Traurigkeit. So, Krimo, du kannst jetzt gehen. Wir sind da, wie du siehst, sind wir schon an der Calle Tétouan vorbei. Du kannst mich gleich hier, an der Straßenecke, rauslassen. Geh, sei gesegnet!»

Über dem Haus liegt eine drückende Stille. Er holt seine Brieftasche hervor und zählt das Geld. Einhundertzweiundfünfzig Dirham. Er zählt noch einmal und meint, er sei bestohlen worden. Er erinnert sich an fünf Hunderterscheine. Dreihundertundacht Dirham hat er für die Telefonrechnung bezahlt. Wo sind die vierzig Dirham hingekommen? Soviel hat die Schachtel Zäpfchen gekostet. Er hat vergessen, daß er die Schachtel und das Rezept in den Mülleimer geworfen hat. Er verflucht diese Sorte Medikamente und die Krankheit, schiebt die Brieftasche unter das Kopfkissen und versucht einzuschlafen. Er ist nicht müde, steht auf, geht in die Küche und setzt Wasser auf. Letzten Endes hält er es für besser, sich den Tee selbst zu machen. Er ist ungeduldig, irrt sich in den Mengen und verbrüht sich fast beim Hantieren mit dem Wasserkessel. Während er den Tee trinkt, fühlt er sich weniger allein.

Was tun, um den Lauf der Zeit zu ändern, um ohne Schaden diesen endlosen Tag zu überstehen? Er blickt um sich. Die Dinge haben sich nicht vom Fleck gerührt. Und doch spürt er in seinem Kopf so ein Drunter und Drüber, ein unaufhörliches Hin und Her, eine Art Göpel, von dem er über kurz oder lang eine Migräne bekommen wird. Er leidet seit einer Ewigkeit an Migräne. An seine ersten Kopfschmerzen erinnert er sich nicht mehr. Er sagt resigniert, daß er wahrscheinlich mit Migräne geboren wurde, wie andere mit einem sechsten Finger geboren werden. Er kennt die schmerzstillenden Mittel, Aspirin und andere Analgetika, ebenso wie traditionelle Mittel, zum Beispiel Kartoffelscheiben, die auf die Stirn gelegt und mit einem Taschentuch festgebunden werden.

Mit dem Alter ist die Migräne zurückhaltend und immer schwächer geworden. Aber es ist die Erinnerung an die Kopfschmerzen, die ihm heute weh tut. Das Denken daran macht ihn hinfällig; es wundert ihn, daß die Erinnerung an einen Schmerz auch ein Schmerz ist. Er versucht, nicht mehr an den Göpel zu denken, der in seinem Kopf fuhrwerkt, er setzt alles daran, diese Erinnerung von sich fernzuhalten. Er sagt sich, es sei eine erbliche Sache. Die Migräne wie die Beobachtungsgabe und die Kritiksucht sind getreulich vom Vater an den Sohn weitergegeben worden. Er sieht seinen Vater vor sich, wie er leidend den Kopf zwischen den Händen hält, sieht seine Söhne, wie sie sich über große Schmerzen beklagen, dann sieht er sich selbst eine Armee von Nadeln ertragen, die mit mechanischer Regelmäßigkeit die Nerven unter dem Schädel stechen.

Das Adressenheft liegt aufgeschlagen vor ihm. Mit lässiger Hand blättert er die Seiten um. Sein Finger verhält auf einem Namen: Zrirek. Er lächelt. Ein Hoffnungsschimmer. Zrirek ist sein Friseur. Er wird so genannt, weil er blaue Augen hat. Er ist klein und listig. Er weiß alles über alle. Er behauptet, das Strafregister von jedem und jeder auswendig zu kennen. Im Scherz sagt er, er besitze die Liste der beim Ehebruch gezeugten Kinder. Als er jünger war, nahm er Beschneidungen vor. Den langen, spitzen Daumennagel an der rechten Hand hat er beibehalten. Damit ritzte er eine Markierung in die Vorhaut, bevor er sie mit einer Schere abschnitt. Zrirek ist witzig, aber er hat eine böse Zunge und ist gerissen. Er redet schlecht über alle Welt, da er es jedoch in scherzhaftem Ton tut, trägt es ihm niemand nach. Sein Stil ist die schneidende Ironie. Was er die Wahrheit im Kaftan mit Goldstickereien nennt.

«Könntest du nachher kommen und mich schön machen?»

«Bist du sicher, daß du noch Haare hast?»

Er fährt mit der Hand über seinen kahlen Schädel. Ein paar vereinzelte Haare haben sich immerhin gehalten. Er zählt sie. Neunzehn!

Er erwartet Zrirek, ohne sich Illusionen zu machen.

«Keine Haare mehr! Eine Wüste! Aber ist das nicht ein Zeichen für einen unentwegt denkenden und arbeitenden Geist? Ich habe meine Haare nicht alle auf einmal verloren. Es waren die Gedanken, die sich im Vorwärtsdrängen einen Weg durch mein Haupthaar gebahnt haben. Bei jedem Gedankengang – bei jedem Sturm – müssen ein paar Haare ausgefallen sein!»

Es ist nicht der Friseur, der kommt, sondern Bouida, der Schrotthändler. Er wird Bouida genannt, weil sein Gesicht eiförmig ist. Wenn er sich hinsetzt, windet er sich in den Hüften. Er ist ein Großcousin, der mehrere Frauen und mehrere Kinder hat. Er weiß nicht mehr, was er tun soll, um sie zu ernähren. Er beklagt sich nie. Als er eines Tages erfuhr, daß eine seiner Töchter sich prostituierte, bekam er eine halbseitige Lähmung. Das Aussprechen von Wörtern fällt ihm schwer. Er spricht noch mit den Augen. Augen voller Schmerz und Mitgefühl. Selbst wenn er lächelt, bewahrt sein Blick in der Tiefe eine unermeßliche Traurigkeit. Er versucht sich beim Hinsetzen nicht zu winden, denn er weiß, daß es den Leuten auf die Nerven geht. Er holt zwei Äpfel aus seiner Tasche.

«Du weißt doch, daß ich keine Zähne mehr habe und keinen Apfel abbeißen kann! Danke. Ich behalte einen als Geschenk für meine Frau...»

Sie unterhalten sich miteinander, als wären sie beide stumm. Das belustigt sie. Sie trinken Tee. Bouida raucht eine Kifpfeife. Er merkt, daß der Rauch seinen kranken Freund stört. Er macht die Pfeife aus, küßt ihn auf die Stirn und geht davon, sich in den Hüften wiegend.

Er würde sich gern waschen wie in der guten alten Zeit: einen ganzen Vormittag im Hammam verbringen. Sich waschen und entspannen. Eingehend seine Waschungen vornehmen und im

Ruheraum schlummern. Er träumt davon und weiß, daß er die Konzentration von Hitze und Wasserdampf nicht vertragen wird. Seit seinen Asthmaanfällen ist der Hammam ihm verboten. Er hat versucht, diesen Ort zu Hause nachzuahmen, aber ohne Erfolg. Er wäscht sich nicht ordentlich, kann sich nicht an das Duschen gewöhnen; er füllt die Badewanne mit heißem Wasser und legt sich hinein. Seine Frau hilft ihm dabei. Statt nett zu ihr zu sein, schikaniert er sie. Er mag es nicht, wenn er die andern braucht.

Seine Frau ist eine *chérifa*, sie stammt aus dem Geschlecht des Propheten Mohammed. Wenn sie wollte, könnte sie eine Heilige werden. Sie ist dafür berühmt, eine heilbringende Hand zu haben, die zum Beispiel nicht nur imstande ist, den bösen Blick fernzuhalten, sondern ihn auch im nachhinein wieder aus einem Menschen herauszureißen. Wie viele Male hat er ihr dringendes Eingreifen gebraucht, wenn Fieber und Mattigkeit sich in ihm ausbreiteten – zwei Vorzeichen für die Wirkung des bösen Blicks. Mit einem Lorbeerzweig gewappnet, dessen Blätter mit dem Feuer in Berührung gekommen sind, spricht sie ihre Gebete, bis sie fühlt, daß das Böse aus dem ermüdeten Körper fährt, den ihren durchquert, um dann unter Gähnen und Tränen zu verschwinden. Damit der böse Blick endgültig getilgt wird, ist es nötig, die *chérifa* mit einem Sou oder einer Prise Salz zu entlohnen. Er «bezahlte» sie mit Salz. Sie hätte gern eine großzügigere Geste gesehen.

Also hat er sich trotz seines Skeptizismus und seiner Passion für die Wissenschaft lieber nach Altweiberrezepten behandeln lassen, deren Wirkung auf zweierlei Voraussetzungen beruht: Man muß daran glauben und man darf nicht krank sein.

Wieder schlägt er das Adressenheft auf. Er stößt auf Hassan 314.21 und 364.50; dann Hussein. Das sind Zwillinge, Jugendfreunde, die er seit Jahren nicht gesehen hat. Im Wählen der

Telefonnummer hält er inne; ihm fällt ein, daß einer von beiden bei einem Autounfall umgekommen ist. Er weiß nicht mehr, welcher:

«Gewiß, sie sahen sich ungeheuer ähnlich. Wir waren zusammen in der Koranschule. Alle Welt verwechselte sie; sie machten den Schulmeister vollkommen verrückt. Sie spielten die ganze Zeit mit dieser Verwechslung. Ich mochte sie gern, aber wir haben uns aus den Augen verloren. Sie sind auch in dieser Stadt des Windes und der Feuchtigkeit gescheitert. In den fünfziger Jahren haben sie mit amerikanischen Restposten ein Vermögen gemacht. Wie kann ich herausfinden, welcher von beiden noch lebt? Ich kann schließlich nicht anrufen und fragen, ob es Hussein oder Hassan war, der auf der Straße nach Casablanca von einem Laster zermalmt wurde. Ich könnte einfach sagen, ich hätte mich verwählt. Nein, dazu fehlt mir der Mut. Jetzt bin ich nicht nur um einen Freund, sondern um zwei Freunde gebracht worden. Für mich ist da nichts zu retten. Das nimmt die Form einer Verschwörung an. Und wenn ich Moshé, meinen früheren Nachbarn, anrufen würde? Er verkauft keine Stoffe mehr; er hat sich auf andere Geschäfte verlegt, Immobilien, glaube ich. Aber ich habe ihn so lange nicht gesehen. Ich könnte in seinem Büro anrufen. Vielleicht würde ich herausfinden, daß er nach Kanada oder nach Frankreich gegangen ist. Ich bin sicher, er ist nicht nach Israel emigriert. Im Juni 1967 war er in Versuchung, aber er ist geblieben. Ich erinnere mich, daß er sich den ganzen Juni hindurch in Gibraltar aufgehalten hat. Dort wartete er ab, bis der Krieg zwischen Juden und Arabern zu Ende ging. Er sagte mir, er würde seine Heimat nie verlassen, und erzählte mir von den Nöten seiner Cousins und Freunde, die alles aufgegeben hatten, um sich in Israel niederzulassen, und die von dem verheißenen Paradies sehr enttäuscht waren. Moshé ist ein rechtschaffener Mann. Ich bedaure, daß ich den Kontakt mit ihm nicht aufrechterhalten habe. Was er heute wohl so macht? Er ist bestimmt ein glücklicher Großvater, lebt zurückgezogen, ist krank, aber von seinen Kindern und Enkelkindern umgeben. Hat auch er alle seine Freunde verloren? Ist er der letzte der Bande, der einen nach dem andern hat abtreten sehen? Er war bestimmt so umsichtig, die Namen in seinem Notizbuch entsprechend zu streichen. So hat er das brutale Gefühl plötzlicher Einsamkeit vermeiden können. Und ich hielt mich für gut organisiert. Ich war und bleibe das Merkbuch und das Gedächtnis der Familie, nicht der Freunde. Durch die Beschäftigung mit der Familienchronologie habe ich die der Freundschaft vernachlässigt. Dabei empfinde ich mehr Sympathie für den Freund als für den Cousin. Es ist mir selten gelungen, aus dem Cousin einen Freund zu machen. Davon abgesehen war mir immer daran gelegen, daß die Familie vereint war, weniger aus Liebe als aus Pflichtgefühl. Mein Vater hat uns, bevor er starb, versprechen lassen, uns nicht zu zerstreuen und vor allem die Familienbande lebendig zu erhalten. Ich habe seinen Willen befolgt. Ich glaube, ich war der einzige. Oft hatte ich den Eindruck, ich verbringe meine Zeit damit, die Teilchen eines unmöglichen Puzzles zusammenzufügen, bis ich eines Tages entdecken werde, daß ich mich in den Teilchen und im Puzzle geirrt habe. Er hätte uns diese nutzlose Arbeit ersparen können; er hätte uns zu weiten Reisen oder außergewöhnlichen Studien anspornen können. Nun hat er uns aber in der Mittelmäßigkeit des Kleinhandels belassen, ohne großen Ehrgeiz, mit der Pflicht, uns zu vereinen. Mehr als ein halbes Jahrhundert später sind wir keineswegs vereint, und niemand von uns ist reich geworden. Wir sind nie aus Marokko hinausgekommen, und gäbe es nicht unsere Kinder, die den Namen retten, wären wir nichts als eine gescheiterte Familie. Ich bin stolz auf meine Söhne; aber sie, sind sie stolz auf mich? Ich bezweifle es. Sie haben sich von Anfang an auf die Seite ihrer Mutter gestellt. Sie verteidigen sie, noch bevor sie angegriffen wird. Ich habe mich daran ge-

wöhnt, diese Günstlingswirtschaft mitanzusehen. Das tut mir
weh; es kommt sogar vor, daß ich deswegen weine. Merken sie
überhaupt, wie ungerecht und parteiisch sie sind? Der Ingenieur leistet gute Arbeit; er sorgt sich mehr um die Gesundheit
seiner Kinder als um die seines Vaters. Das ist normal. Der
andere macht mir mehr Kummer; er ist ganz von dem einge-
nommen, was seine Mutter ihm erzählt. Er ist ungerecht zu
mir. Ich hätte gern, daß er mir etwas erzählt, daß er sich mit mir
unterhält, mir von seinen Reisen und Erfolgen berichtet. Ich
bin darauf angewiesen, mehr über ihn aus den Zeitungen und
von den Nachbarn zu erfahren als von ihm selbst. Ich wäre gern
sein Freund, sein Vertrauter und Ratgeber gewesen. Doch er
fragt mich nie um Rat. Er läßt sich nicht von mir beraten. Wir
schaffen es nicht, uns zu unterhalten. Ich stelle ihm Fragen. Er
antwortet mir mit Ja oder Nein. Er nimmt es mir übel. Ich weiß
es. Aber ich bin stolz auf meine beiden Kinder. Der Ingenieur
wie der Künstler werden geliebt und geachtet. Ich habe versucht, sie zur Wahrung der Familienbande anzuhalten. Sie sind
zurückhaltend. Auf diesem Gebiet folgen sie mir nicht. Vielleicht haben sie recht.

In einem sauberen Haus mit einem sauberen Gärtchen und sauberen Krankenschwestern sperrt man die Alten da drüben ein.
Bei uns kaut die Pflegerin Kaugummi und stinkt nach Schweiß.
Wenn sie sich beim Spritzengeben über mich beugt, halte ich
mir die Nase zu. Bei uns wäre es kein Erholungsheim, *una casa
de descanso*, sondern ein Hühnerstall für blöde Greise, die noch
voller Illusionen über das Menschengeschlecht sind. Zum
Glück haben die Reichen bei uns das Altenheim noch nicht entdeckt. Vielleicht sind unsere Friedhöfe deshalb schöner als die
der Europäer. Sie sind offen wie Felder mit wildem Korn. Im
allgemeinen werden die Toten auf einem Hügel mit Blick auf
die Stadt begraben. Es heißt sogar, daß die Toten über uns wa-
chen. Ob es nun ein mit Oliven bepflanzter sonniger Hügel

oder ein mit Marmor gefliester Parkplatz ist, die Erde ist dieselbe. Sie hat denselben Geschmack und enthält dieselbe Feuchtigkeit, dieselben Insekten, Würmer und Wurzeln. Was kommt es auf den Ort an? Die Sonne ist nur eine Illusion. Fragen Sie doch mal die Steine, ob sie lieber vom Regen oder von der glühenden Sonne getroffen werden.

Ein Traum beunruhigt mich. Ich habe ihn eben zwischen Wachsein und Schlafen geträumt. Ich spreche davon, um ihn zu vergessen, denn es ist einer dieser beharrlichen Träume, die mit der Wirklichkeit verschmelzen. Ich habe geträumt, ich sei tot. Sogleich ist die ganze Familie herbeigeeilt. Die aus Fès sind vor denen aus Casablanca eingetroffen. Das Nachmittagsgebet war vorbei, und ich war immer noch nicht beerdigt. Man wartete auf jene, die weiter entfernt wohnten. Unterdessen war ich aufgewacht. Niemand wunderte sich. Ich beteiligte mich an den Diskussionen über die Vorbereitungen zu meiner Bestattung. Ich äußerte den Wunsch, in Fès begraben zu werden. Das war für meine Kinder problematisch, die diese Stadt nicht besonders mochten. Ich diskutierte stur wie gewöhnlich. Die Stimmung war nicht besonders traurig. Die Leute fanden es normal, daß ich mich an allem beteiligte, und niemand widersprach mir. Oder sie hörten und sahen mich gar nicht. Ich ging von einem zum andern, und keiner war erstaunt oder erschrocken. Ich glaube, daß ich sogar als Toter weiter meine Meinung zu allem abgeben und mich widersetzen werde; ich werde mir nichts gefallen lassen. Das ist der starke, entscheidende Eindruck, den ich aus diesem Traum gewinne.

Genau in dem Moment, als ich diesen Traum vor mir ablaufen lasse, teilt meine Frau mir zitternd und aufgewühlt mit, daß ihr jüngerer Bruder, den sie sehr liebte und der vor fünf Jahren gestorben ist, gekommen ist, um sie zu holen. Er streckte ihr in einem Traum, in dem alles weiß war, die Hand entgegen. Sie sagt, das sei ein untrügliches Zeichen. Sie muß sich bereithalten. Sie machte mir angst, weil sie im Ernst ein nagelneues, mit weißen Blumen besticktes weißes Leintuch herausgeholt hat. Sie hat es im Zimmer ausgebreitet, damit die Feuchtigkeit und der muffige Geruch herausgingen. Eine Weile war zwischen ihr und mir dieses weiße Leintuch, ihr Leichentuch. Ich habe nichts vorbereitet. Ich mokiere mich über diese kleinen Details bei gläubigen Frauen, die dieses Stück Stoff für eine Nacht nach Mekka oder auf das Grab Mohammeds in Medina schikken. Die Frauen haben, vor allem wenn sie alt werden, oft Abmachungen mit dem Jenseits. Ich höre sie nach ihren Gebeten, wenn sie sich direkt an den Himmel wendet: Das ist derartig naiv; kleinliche Berechnungen eines Krämers, der nichts zu verkaufen hat! Ich gestehe, daß es mich zum Lachen bringt. Je mehr ich lache, um so mehr regt sie sich auf. Ich rege sie gern auf, denn sie hat überhaupt keinen Sinn für Humor. Vor dem Tod, scheint mir, hat sie weniger Furcht. Sie spricht oft ruhig und resigniert darüber. Sie glaubt, sie findet da oben ihre Mutter und ihre Brüder wieder. Ich bin sicher, daß ich dort niemanden wiederfinden werde, keinen meiner Freunde, nicht einmal meine Eltern. Dadurch nimmt meine Einsamkeit zu. Sie verschlimmert sich, weil sie in alle Ewigkeit weitergehen wird. Mir ist es lieber, ich weiß Bescheid. Ich werde es doch nicht so machen wie die Japaner und mich auf dem Gipfel des Tubkal auf einer Matte aussetzen lassen, um auf den Tod zu warten, der durch Hunger, Kälte und die Raubvögel kommen muß. Daß die Ameisen mein Fleisch auffressen, wenn ich einmal unter der Erde bin, stört mich überhaupt nicht, aber daß die Raubvögel mir das Auge aushacken, während ich noch lebe – dieser Gedanke, diese Vorstellung ist unerträglich für mich. Gleichzeitig muß ich darüber lachen. Man wird sagen: ‹Der und der ist noch nicht tot, er ist gerade erst auf den Berg gestiegen!› Man wird die Tage zählen, den Wetterbericht verfolgen und entscheiden, daß ein Körper mindestens zwanzig Tage und

Nächte den Temperaturschwankungen standhalten kann! Jedenfalls wird es diese Praxis in Japan nicht mehr geben. Die Japaner bringen sich um. Bei uns ist das verboten. Leben und Tod gehören Gott. Er nimmt, wann es ihm richtig erscheint, zurück, was er geschenkt hat. Mir ist diese Auffassung von den Dingen lieber. Real oder phantasiert, hat diese Vorstellung etwas Logisches. Was das Paradies und die Hölle angeht, so macht sich jeder sein kleines Theater zurecht. Wenn es die Hölle gibt, würde ich gern die Bande von Straßenjungen dorthin schicken, die mich mehrmals angegriffen haben, weil ich schlecht laufen konnte. Da ist der Fünfzehnjährige mit dem einen Auge, der mich an der Kapuze der Djellaba gezogen hat; dadurch bin ich hingefallen, und er hat seine versteckten Komplizen herbeigerufen, damit sie etwas zu lachen haben. Ich habe mich mit meinem Stock verteidigt, so gut ich konnte. Ich war gedemütigt. Als man mir vorgeschlagen hat, bei der Polizei Anzeige zu erstatten, habe ich mich geweigert. Ich hatte Angst, daß sie noch wilder werden und mir noch weher tun. Ich habe meinen Kindern dieses Vorkommnis nie erzählt. Welche Demütigung, zu hören, daß ihr Vater von Straßenjungen terrorisiert wird! Die würde ich gern in der Hölle sehen. Ich gebe zu, daß ich die Hölle des Lebens vorziehe. Ich hoffe, es gelingt mir eines Tages, sie darin einzusperren. Was das Paradies angeht, so bin ich nach wie vor überzeugt, daß ich es kennengelernt oder genauer gesagt kurz gesehen habe, als ich zwanzig war. Da stand ein riesengroßes Tor mitten in einem grünen, roten und gelben Feld. Das Tor war halb offen. Dahinter war ein ganz klares Licht in einer weißen Fläche, auf der junge Mädchen in leichten Kleidern Rad fuhren. An jenem Tag ist eine Träne, eine einzige, auf meine Wange getropft. Das war das Glück.»

Der Regen hat aufgehört, und der Wind hat sich gelegt. Die Kaffeehäuser des Viertels sind voll. Die Fensterscheiben sind vom Beschlag undurchsichtig. Man erkennt die Gesichter

nicht, aber man hört den Lärm. Kein Zweifel, es wird ein Fuß-
ballspiel übertragen. In Tanger kann man die spanischen und
englischen Fernsehprogramme empfangen. Wer nicht das Geld
hat, sich mit einer Spezialantenne auszurüsten, findet sich im
Kaffeehaus ein, nicht mehr um zu reden, sondern um sich Fuß-
ballspiele anzusehen und mit der gleichen Begeisterung oder
Wut zu reagieren, als säße man auf den Bänken eines Stadions.

Er horcht und vernimmt einen einmütigen Freudenschrei: Jaaa!

Er hätte gern dieser Menge angehört, die angesichts eines Balls
den Kopf verliert. Das ist eine Leidenschaft, die er nicht versteht, die er aber gern kennengelernt hätte. Irgend etwas entgeht ihm dabei. Und er ist ungern in einer Situation, in der es
ihm schwerfällt, zu erklären, was geschieht. Im Augenblick
kann er das Echo nicht gebrauchen, das zu ihm schallt. Er hält
den Kopf zwischen den Händen und schützt so seine Ohren. Er
mag das Spiel nicht. Er hat Angst vor dem Risiko. Deshalb hat
er sich in Tanger niedergelassen, einer ruhigen, dekadenten
Stadt, statt in Casablanca, der Stadt der Geschäfte.

«Ich muß aufhören zu denken. Ich werde nicht mehr denken.
Ich werde mich entleeren. Ich vertreibe alles aus meinem Geist:
die drohenden Nadeln und die Obsessionen. Der Wind ist
schwächer geworden. Trotzdem ist es ihm gelungen, das Fenster und die Tür aufzudrücken. Ich stehe auf. Der Wind ist
nicht mehr feucht; er ist sogar angenehm; es ist ein warmer
Wind aus dem Norden. Der Himmel hat sich aufgehellt. Er hat
die Farbe verändert. Wohin ist das Grau in grau? Der Himmel
ist blau. Das Wetter ist schön. Es ist Sommer. Die Stunde der
Siesta. Nur wenige Leute sind auf der Straße. Ich gehe die Rue
Quévedo entlang. Das Licht ist zu grell. Ich kneife die Augen
zusammen. Ein junges Mädchen fährt auf einem Fahrrad vorbei. Der Wind bläht ihren Rock und spielt mit ihrem blonden

Haar. Ich sehe ihre Beine. Sie sind hinreißend. Sie lächelt mir zu. Ich bleibe stehen und warte. Sie macht kehrt, steigt vom Fahrrad und kommt auf mich zu. Ich sage nichts. Ihr Lächeln macht mich neugierig. Dieses Gesicht ist mir nicht fremd. Wo habe ich es gesehen? Vielleicht ist es nur ein Bild, eine Erscheinung, von der eine Anmut und ein Licht ausgehen, die mich entzücken und berauschen. Es ist kein Traum. Ich spüre den lauen Wind auf meinem Gesicht und höre fernen Gesang. Habe ich aufgehört zu denken? Ich sage nichts. Sie hält mir das Fahrrad hin. Es ist ganz neu. Ich besteige es, wobei ich versuche, nicht aus dem Gleichgewicht zu kommen. Es fällt mir nicht schwer, mich geradezuhalten. Gelenkig setzt sich das Mädchen zwischen Sattel und Lenker. Mein Kopf ruht auf ihrer linken Schulter. Ich habe ihre Haare im Gesicht, und wir fahren in eine von Licht und Spiegeln überflutete Wiese.»

Mai 1988 – März 1989,
Turin – Tanger – Paris.

GLOSSAR

CHÉRIF, -A	Nachkomme des Propheten oder dessen Familie
DJELLABA	langer weiter Übermantel mit Kapuze und Ärmeln; von Männern und Frauen getragen
HADJ	Titel eines Mekka-Pilgers
HAMMAM	Badehaus
MOULAY	Anrede für einen Adligen oder Mann der höheren Stände
RIFI	Berberdialekt des Rifs
ŠAUQI	Ahmad (1868–1932), ägyptischer Dichter
SOCCO/SOUK	Markt
TAJINE	Fleisch-, Geflügel-, Fischeintopf mit Kartoffeln und Gemüse
WADI/OUED	Flußbett, das nur zu bestimmten Zeiten Wasser führt, sonst trocken liegt

Die französische Transkription der arabischen Eigennamen wurde, bis auf den des Propheten Mohammed, beibehalten.

Ernest Hemingway

Ernest Hemingway, 1899 in Oak Park, Illinois, geboren, setzte sich früh in den Kopf, Journalist und Schriftsteller zu werden. Als Korrespondent für den «Toronto Star» arbeitete er in Paris, wurde des «verdammten Zeitungszeugs» überdrüssig und begann, Kurzgeschichten zu schreiben. 1929 erschien *In einem andern Land* und wurde ein durchschlagender Erfolg. Hemingway reiste durch Spanien, unternahm Jagdexpeditionen nach Afrika, wurde Kriegsberichterstatter im Spanischen Bürgerkrieg. 1954 erhielt er den Nobelpreis für Literatur. Sein selbstgeschaffener Mythos vom «Papa», seine Krankheiten und Depressionen machten ihn schließlich unfähig zu schreiben. Am 2. Juli 1961 nahm er sich das Leben.

Von Ernest Hemingway sind u. a. lieferbar:

Gesammelte Werke *10 Bände in einer Kassette*
(rororo 31012)

Der Abend vor der Schlacht
Stories aus dem Spanischen Bürgerkrieg
(rororo 5173)

Der alte Mann und das Meer
(rororo 328)

Fiesta *Roman*
(rororo 5)

Der Garten Eden Roman
(rororo 12801)

Die grünen Hügel Afrikas
(rororo 647)

In einem andern Land *Roman*
(rororo 216)

Reportagen 1920 – 1924
(rororo 2700)

Schnee auf dem Kilimandscharo
6 stories
(rororo 413)

Im Rowohlt Verlag sind außerdem erschienen:

Gesammelte Werke
Deutsch von A. Horschitz-Horst, P. Baudisch, E. Schnabel u. a.
Kassette mit 6 Bänden.
Gebunden.

Ausgewählte Briefe 1917 – 1961
Deutsch von W. Schmitz
640 Seiten. Gebunden

Die Stories
Deutsch von A. Horschitz-Horst
500 Seiten. Gebunden

Sämtliche lieferbaren Titel von Ernest Hemingway finden Sie in der *Rowohlt Revue* – vierteljährlich neu und kostenlos in Ihrer Buchhandlung.

rororo Literatur

Upton Sinclair

Einen «Muckraker», Staubaufwirbler nannte ihn Präsident Roosevelt. Und zugleich war **Upton Sinclair** (1878–1968) zu seinen Lebzeiten ein internationaler Bestseller-Autor. Er schrieb 29 Theaterstücke, etwa 80 Bücher und kandidierte mehrmals für die Socialist Party bei den Gouverneurswahlen in Kalifornien. Sinclair stammte aus einer ehemals reichen Südstaatenfamilie, schlug sich als Autor mit Frau und Kind mühsam durch – bis ihn ein Auftrag der damals größten sozialistischen Wochenzeitung Amerikas über Nacht weltberühmt machte: Er arbeitete 1905 wochenlang in den Schlachthöfen Chicagos, recherchierte über die elende Situation der Arbeiter und verfaßte den aufrüttelnden Roman *Der Dschungel*.

Der Dschungel *Roman*
(rororo 5491)
«Ich zielte auf das Herz der Menschen», schrieb Upton Sinclair über die Wirkung seines Romans, «aber ich traf sie nur in den Bauch.»

Am Fließband Mr. Ford und sein Knecht Shutt *Roman*
(rororo 5654)
Am Beispiel der Karriere des Selfmademan Henry Ford schildert Upton Sinclair die verhängnisvollen Auswirkungen des Geldes auf den Charakter – «dem moralischen Niedergang des Kapitalisten wird in alternierenden Kapiteln das erwachende Klassenbewußtsein der Arbeiterfamilie Shutt gegenübergestellt». Frankfurter Allgemeine Zeitung

Öl! *Roman*
(rororo 5810)
«Es ist das umfangreichste meiner Bücher und ist besonders sorgfältig recherchiert. Es ist voller Abenteuer und sozialer Gegensätze, keine Geschichte könnte wahrer sein.» Upton Sinclair

So macht man Dollars *Roman*
(rowohlt jahrhundert 24)
Jed Rusher, ein Habenichts aus dem Mittelwesten steigt zum «Napoleon des Erdöls auf» – ein sarkastischer Roman über die klassische amerikanische Karriere.

«Sagen Sie Sinclair, er soll Ruhe geben und mir die Regierung des Landes für eine Weile überlassen!» Theodore Roosevelt an Sinclairs Verleger.

rororo Literatur